FÜR ALL DIE FRAUEN

Für meine Tochter – mein Herz –, die meinem Leben noch mehr Farbe geschenkt hat und meine Schwester, die mir in dieser spannenden und anstrengenden Zeit des ersten Jahres Mutterschaft unaufhörlich zur Seite stand. Und für all die Frauen, die noch auf der Suche sind und sich in ihrem neuen Leben noch nicht eingefunden haben. Mutterschaft heißt Transformation und Transformation ist eine Herausforderung, die sich lohnt.

INHALT

Danksagung	i
Ein Wort vorweg	3
Teil I: Chronologie einer Geburt	
Kurz davor ...	8
Wehe Wehen	12
Im Krankenhaus	16
Endlich geschafft?	26
Dunkelheit	31
Sonnenaufgang	39
Home sweet Home	48
Gehobener Service – Die Hebamme	53
Alles ganz hormonisch	58
Halbzeit: Das Geber-Leben	63
Teil II – Chaos: Alles andere eben	
Nur noch Rauschen	68
Hätte, sollte, müsste	77
Kitaaahhhhhhh	82
Urlaub	88
Körperchaos	93
Shit happens	102
Bananenpause	108
Rabenmutter	114
Ein Kind, sie zu scheiden	119
"All you need is love"	125
After Credit	129

DANKSAGUNG

Danke den Müttern, die mich in diesem ersten Jahr begleitet haben und ohne die ich nur eine halb so gute Mutter wäre. Besonders meiner Schwester, Mutter und Schwiegermutter möchte ich danken aber auch einer Gruppe Frauen, die wie ich das Abenteuer Mutterschaft angetreten sind und nie müde waren, all die banalen und weniger banalen Fragen der Elternschaft gemeinsam zu erörtern.

EIN WORT VORWEG

Nein, dieses Buch ist nicht noch so ein Babyratgeber, der die drängendsten Fragen rund um Kot und Co. klärt. Dafür gibt es zahlreiche Foren, andere Bücher, Familienmitglieder, Freunde, Ärzte und Hebammen. Es geht auch nicht darum, Hass oder Bereuen auszuschlachten, so wie es einige wenige Autorinnen in modernen Babybüchern tun. Denn egal wie viel dein gewandeltes Leben der Mutterschaft von dir abverlangt, du liebst. Auch ich liebe – und wie. Nur nicht immer gleich doll. Den Menschen schon, aber nicht jede Situation. Darum geht es. Die Wahrheit. Meine Wahrheit. Eine Wahrheit, die von den meisten Eltern verschwiegen wird. Sie lächeln über die Schwierigkeiten, die ihr neues Leben bereithält, hinweg. Doch nicht nur das. Sie kommunizieren nur das Positive, obwohl es eben die schweren Situationen sind, die die Transformation zur Mutter oder zum Vater definieren. Warum aber spricht keiner Klartext?

Wahrscheinlich, weil es um das Aufrechterhalten eines Ideals geht, das uns von überall her anstrahlt beziehungsweise verstrahlt. Lachende Babys, die glucksend ihren Brei essen, ihre Milch ganz ohne Anstrengung aus einer Flasche trinken, oder die Königsdisziplin: ganz ohne Anstrengung die Brust der Mutter in den Mund nehmen und saugen. Dazu eine Prise fröhliche Mütter, die fast schmerzfrei durch die Geburt gehen, am nächsten Tag wieder fit sind und denen alles ganz leicht von der Hand geht. Gerade erst durfte ich in einer Serie mal wieder eine dieser Szenen beobachten, die die Realität verzerrt. Zu sehen gab es eine frisch gebackene Mutter, die nach ein paar Monaten der Mutterschaft ausgeruht und rank und schlank ihr Neugeborenes zum Schlafen in eine Wiege legt. Als sei das nicht schon für das ein oder andere Elternteil, das unentwegt sein Kind in den Schlaf schunkelt und schaukelt Hohn genug, gönnt sich Mutter X ein gemütliches Schaumbad. Was bleibt mir als frisch gebackene Mutter noch hinzuzufügen. Außer vielleicht: Der Vater der jungen Familie ist nicht anwesend, sondern auf Geschäftsreise ...

Na klar, in manchen Schmonzetten aus Hollywood kann man die ersten Wochen als komödiantische Parodie genießen, bevor die ideale Mutter sich fasst, tief einatmet und alles ganz plötzlich wie am Schnürchen läuft – aber glaub mir, so tief kannst du gar nicht einatmen.

Es sind diese verdammten Ideale. Und davon gibt es in der Elternschaft Unmengen. Dazu aber später mehr. Die Eltern dieser Welt wollen – so wie es ihnen vorgelebt wird – alles richtig machen. Natürlich! Sie wollen, dass ihre Kinder dem entsprechen, was sie jahrelang so verstrahlt aus allen Ecken der öffentlichen Sphäre angeschaut hat. Sie wollen ganz einfach, dass ihr Leben perfekt ist und deshalb schweigen sie oder sie lügen. Aber das ist so ein negativ behaftetes Wort. Sagen wir, sie leben mit der Illusion. Vielleicht glauben sie auch selbst den Unsinn, den sie zu vermitteln versuchen. Dass die Babyzeit nichts als Zucker ist. Dass wir in positiven Gefühlen aufgehen. Und dass eine Frau mit der Geburt eines neuen Menschen das Ziel ihres Lebens erreicht hat. Wobei: Bei manchen mag das so sein und das ist absolut in Ordnung! Was aber, wenn man sein altes Leben irgendwie auch geliebt hat und es vermisst? Was auch immer die Beweggründe für das Schauspiel der Vielen sind: Sie agieren, als seien sie Magier und die Elternschaft einer ihrer Tricks.

Diese Illusionen und Spiele mit der Realität nutzen all den werdenden Müttern – wie ich vor kurzem eine war – aber nichts. Denn eine Illusion bleibt eine Illusion und am Ende holt einen die nackte Wahrheit doch ein. Dabei ist sie nicht erschreckend, gar abschreckend. Sie ist einfach nur nicht so bequem, nicht ganz so attraktiv wie das, was sonst über die Geburt und das erste Babyjahr erzählt wird. Diese 365 Tage der Transformation sollen den Menschen aus dir machen, der künftig den Stempel „Elternteil" trägt. Denn so lange soll sie andauern, die „schwere" Zeit der Ent- und Gewöhnung. Es ist der Zeitraum, der, so behaupten viele Eltern, das meiste von dir abverlangt. Nach den ersten 365 Tagen sollst du, so habe ich gehört, „das Schlimmste" geschafft haben. Was auch immer das bedeuten soll. Willkommen, mitten in dieser, meiner neuen Welt – einer Welt der Desillusionierung.

TEIL I
CHRONOLOGIE
EINER GEBURT

KURZ DAVOR...

Erkenntnis: Die Schwangerschaft ist Phase 0.
Bekenntnis: Ich wusste nicht, worauf ich mich
einlasse.

Am Ende der Schwangerschaft steht der Anfang von ... ja, von was eigentlich? So wirklich kann einem das keiner sagen. Wahrscheinlich, weil für jede dieser lang ersehnte Tag der Anfang von etwas anderem ist. Weil der Ablauf des Tages, das, was ihm vorausgeht und folgt, so individuell ist, dass es kein Patentrezept, keine Vorbereitung und Weissagung darüber geben kann, was da eigentlich passiert.

Bevor wir aber an den Anfang der Elternschaft gehen, schauen wir uns das Ende der Schwangerschaft an. Ein Leben, das nicht mehr ganz dein altes ist, ihm aber noch sehr nah. So nah, dass ich den Tag der Geburt herbeigesehnt habe. Denn ich dachte, dass das, was folgt, ein Modus meines alten Lebens sein würde. Sobald du aber schwanger bist, vielleicht sogar schon in dem Augenblick, da du dich entscheidest ein Kind zu bekommen, hat sich dein Leben unwissentlich und zunächst auch unmerklich bereits um 180 Grad gedreht. Nichts wird je wieder so sein, wie es war – du weißt es nur noch nicht. Das muss nichts Schlechtes heißen. Auch nichts Gutes. Es heißt einfach, dass du dich von deinem Leben, wie es war, verabschieden solltest.

Du wirst dich beispielsweise immer wieder dabei erwischen, wie du der Person, die mit dir ein Kind bekommen hat, oder deinen Freunden oder deiner

Familie vorschlägst, Dinge zu unternehmen, die nicht mehr gehen. So wie ich meinem Mann letztens vorgeschlagen habe: „Es wäre doch schön, wenn sich alle Eltern von den Kitakindern abends mal auf einen Glühwein treffen!". Genau. Eine sehr durchdachte Idee. Mal ganz davon abgesehen, dass meine Tochter ein Generation-Corona-Kind ist und wir derzeit nicht mehr als einen anderen Haushalt treffen dürfen, wäre es auch sonst nicht möglich. Schließlich sind wir alle Eltern von Kleinkindern, die „abends" schlafen müssen, während wir Eltern mit gespitzten Ohren am Walky Talky (dem Babyphone) hängen, um sicher zu sein, dass er oder sie noch lebt. Das Bewusstsein über die Limitierung deiner Zeit und Möglichkeiten sickert nur langsam, ganz langsam ein. Am Ende meiner Schwangerschaft war der Füllstand gleich Null. Im Mittelpunkt meiner Sehnsüchte stand immer noch die liebgewonnene Normalität eines Lebens, von dem mir nicht klar war, dass es vorbei ist. Daneben gesellte sich die Hoffnung, dass sich nach der Geburt schon alles wieder geben werde.

Dass nach dem Ende der Schwangerschaft nichts je wieder normal im herkömmlichen Sinne sein wird, sich eine vollkommen neue Form der „Normalität" herstellt, kann sich zu diesem Zeitpunkt einfach kaum jemand vorstellen. Ich konnte es zumindest nicht. Alles, was ich in meiner Wolke der Unwissenheit wollte, war die schlaflosen Nächte endlich hinter mir zu lassen. Du bist bereits Mutter? Bitte, du darfst herzlich lachen. Nach einem Jahr Mutterschaft ist die Erkenntnis auch bei mir angekommen, dass dieser Wunsch ein Witz auf meine Kosten war. Ich wollte halt ein Stück meiner zehn Stunden andauernden Nächte, die von einem heißen Milchkaffee, einem leichten Kater und der kalten Pizza vom Vorabend gekrönt wurden.

Es kann durchaus passieren, dass noch vor der Schlaflosigkeit, die dich mit der Mutterschaft umhaut, die der Schwangerschaft erste Standhaftigkeit von dir abverlangt. Schlaf, dieses herrliche leichte Sein. Ich kann mich kaum daran erinnern, wie es sich anfühlt, ausgeschlafen zu sein. Kein Wunder: Meine kleine Peanut – wie ich die Nuss in meinem Bauch nannte – stand nicht nur dem Schlaf in Bauchlage im Wege, sondern einer erholsamen Nacht insgesamt. Warum? In meinem Fall hat der zum Ende der Schwangerschaft doch beträchtliche Bauchumfang dazu geführt, dass ich einen Monat lang weder auf meiner linken noch auf der rechten Seite liegen konnte. Meine bevorzugte, weil einzig erträgliche Schlafposition war der aufrechte Sitz. Und da auch diese Position – Überraschung – keine zehn Stunden erholsamen Schlaf brachte und ich regelmäßig nach ein paar Stunden mit Schmerzen aufgewacht bin, floh ich die letzten langen Tage meiner Schwangerschaft allnächtlich auf die Couch im Wohnzimmer.

Die extra wachen Stunden nutzte ich für längst überfälligen Papierkram, Putzarien und zum Online-Einkaufen. Andere Mütter, so habe ich mir erzählen lassen, haben alle Serien, die sie schon immer sehen wollten, im Binge-Watching-Modus konsumiert oder sind zu Dokumentarfilmliebhabern geworden. Und so verbrachte ich auch am Tag 0, dem Tag der Niederkunft die ersten Stunden im Wohnzimmer. Wenn auch nicht, um unerledigten Papierkram zu machen, zu lesen, oder vergeblich nach Schlaf zu suchen – meine kleine Nuss klopfte „sanft" an und hielt mich davon ab, an etwas anderes als an sie zu denken.

Mittlerweile liegt die Geburt meiner Tochter fünfeinhalb Monate zurück und ich wandele durch das Leben als Schatten meines nicht allzu alten Ichs. Aber keine Panik. Nicht jede Mutter wird jede Nacht vier Mal aus dem Schlaf gerissen, von der Seite von einer kleinen Nuss mit einem irren Lächeln und aus leicht fremden Augen angeschaut, voller Erwartung, dass der Milchtank funktioniert und sie selig in ihr geliebtes Milchkoma fallen kann, während du in das deine fällst. Tatsächlich kenne ich einige Mütter, die nur einmal jede Nacht geweckt werden – ein Klacks? Aber zurück zum Anfang.

WEHE WEHEN

> Erkenntnis: Wehen sind nicht gleich Wehen.
> Bekenntnis: Ich weiß, dass ich nichts weiß – oder
> wie war das noch einmal?

Wieder einmal erwache ich mit Schmerzen. Nur dass es dieses Mal keine regulären Schmerzen sind, die mich aus meinen Träumen reißen. Es ist ein undurchsichtiges Brummen im Unterleib, das mich pünktlich zur Geisterstunde weckt – ja, tatsächlich habe ich schon oft um 22:00 Uhr die Augen zugemacht. Es machte ja doch keinen Unterschied, wann ich mich schlafen gelegt habe. Die Nacht war immer viel zu kurz. Auch diese einzigartige Nacht.

Wie lange hatte ich auf sie und diesen Augenblick gewartet, war nervös und aufgeregt. Schließlich wusste ich nicht, wie es sich anfühlt, wenn die erste Wehe kommt. Wahrscheinlich deshalb und weil ich keine Wehen im eigentlichen Sinne habe, weiß ich es auch in dem Augenblick noch nicht. Klar, es ist nur ein Tag vor dem errechneten Termin. Aber ALLE reden bei Wehen von Schmerzwellen, die kommen und was noch viel wichtiger ist, die auch wieder gehen. Das trifft in meinem Fall nicht zu. Und so tigere ich durch unsere Wohnung, hin und her. Setze mich, stehe wieder auf, laufe. Nach drei Stunden kommt mein Mann aus unserem Schlafzimmer: „Was ist los?". Eines ist klar, es ist kein filmreifes Platzen des Fruchtwassers mit der darauffolgenden Erkenntnis, dass ich „kurz" davor bin, ein Kind aus mir herauszupressen. Deshalb lautet meine Antwort auch, dass ich keine Ahnung habe, irgendwelche Schmerzen eben, die nicht wieder weggehen wollen, plagen mich.

Außer dem Zeitpunkt deutete zunächst nichts darauf hin, dass es endlich so weit war, mein Warten ein Ende hatte und meine Neugier auf das, was kommt, gestillt werden würde. Meine Fruchtblase ist tatsächlich erst ganz am Ende der Geburt geplatzt, als ich bereits mit „Sportübungen" die Kontrolle über einen Prozess zu erlangen versuchte, der nicht kontrollierbar ist. Niemand kann dir sagen, was genau passiert, sobald sich die Nuss auf die Welt schieben will. Bei mir war es zum Reinkommen in den Prozess permanenter Schmerz, der mein neues Leben einläutete.

Nach einem Anruf im Krankenhaus und einer Taxifahrt von einem Kilometer – ich wollte wirklich nicht mehr laufen – kamen wir auf dem Gelände des Krankenhauses an. Auch wenn ich mein Bestes gebe, um die Gefühle zu durchleben, die mich in dieser Nacht angetrieben haben, ich schaffe es nicht. Wahrscheinlich ist das auch gut so. Zumal das, was folgt, keine alltägliche Leistung ist.

Nur ein paar Stunden zuvor fieberte ich dem Augenblick entgegen, unwissend. Noch nie habe ich mich so dumm und unvorbereitet gefühlt. Es hilft dir auch die beste Vorbereitung nicht wirklich, das, was dich erwartet, zu meistern. Schwangerschaftsyoga – Pah! Ich erinnere mich an die Wehenübungen, die einen wirklich schlimmen Schmerz in den Beinen auslösten und an das Atmen, die Konzentration darauf, den Schmerz in etwas anderes zu verwandeln. Ganz ehrlich, Wehen unterscheiden sich dann doch ganz wesentlich von Muskelschmerzen und wenn überhaupt, dann war die Übung gut, um fit zu bleiben, denn der Kraftakt, der eine Geburt nun einmal ist, verlangt einiges von dir ab.

Die paar Meter um das Krankenhaus herumzulaufen, gepaart mit der Aufregung, dass ich jetzt womöglich einen einzigartigen Moment meines Lebens vor mir habe – keine Wertung – machen mich fertig. Ich will sofort Antworten und kompetente Menschen um mich herum, die mir meine Zweifel und Schmerzen nehmen.

GEDANKEN_WEHE

Vielleicht ist Kinder zu bekommen der wohl stärkste Ausdruck irrationalen Handelns. Was genau treibt einen dazu an, einen neuen Menschen unter Schmerzen aus dem Körper pressen zu wollen? Welches Gefühl war es, das meinen Mann und mich dazu trieb, es zu versuchen? Ist es Eitelkeit? Die Schaffung eines neuen Selbst? Wir werden vergessen, egal wie weit unsere Blutlinie in die Zukunft reicht. Irgendwann verschwinden wir im Nichts des Neuen. Und das ist auch gut so. Es muss immer weitergehen. Die Welt muss sich entwickeln. Die Welt ist existent auch ohne uns. Wahrscheinlich wäre sie besser. Immer wieder muss ich darüber nachdenken, warum wir Kinder bekommen. Ist es am Ende der pure Egoismus? Ich weiß, dass dieser Mensch das für mich herrlichste

Wesen der Welt ist. Ich habe Lebensglück für mich selbst geboren. In eine Welt hinein, die von Menschen geprägt ist, die ich meistens verachte und die mich wahrscheinlich ebenso verachten. Diese Welt der Menschen ist so weit davon entfernt, herrlich zu sein, dass der Gedanke an die Schlechtigkeit, die noch auf meine Tochter zukommen kann, wellenartige Schmerzen in mir auslöst. Ich bin schuld. Mein Mann ist schuld. Dagegen gibt es keine PDA. Ein betäubender Gedanke. Doch zurück zum Krankenhaus.

***

IM KRANKENHAUS

Erkenntnis: Nichts ist planbar.
Bekenntnis: Scham? Kenne ich nicht ...

Es wartet eine – meinem absolut objektiven Urteil zufolge – viel zu junge, müde dreinschauende Schwester, Hebamme oder keine Ahnung was sie ist auf mich. Sie ist langsam, behutsam, das ist nervig, aber sie ist nett. Ich will, dass alles schnell geht. Wehen messen und sitzen. Das geht gar nicht. Auch wenn ich nicht zum Krankenhaus laufen wollte oder konnte. Still zu sitzen ist eine Qual. Ich wippe hin und her und trippele mit den Füßen. Dann das Ergebnis. Die junge aber nette Wasweißich schaut mir müde ins Gesicht. „Das sind keine Wehen", eröffnet sie mir mit einem halbherzigen Lächeln. Keine Wehen?! Was um alles in der Welt war das dann? Meine weit aufgerissenen Augen fixieren die junge Frau voller Hass. Okay, keine Panik und bloß nicht dem einzigen Menschen, der dir hier helfen kann, jetzt an die Gurgel gehen. Nach vier Stunden permanenten Schmerzes nicht einfach, aber machbar. Schließlich ist mein Mann auch dabei. Er steht hinter mir, schaut das Mädchen ungläubig an.

Wenn es keine Wehen waren, was war dieser nicht enden wollende Schmerz dann? Es musste irgendetwas nicht stimmen. „Es kommt noch eine Ärztin", schließt das Mädchen und geht. Sitzen. Warten. Schmerzen. Mein bester Freund, der Pezziball, rollt unter meinem Po hin und her und hin und her. Endlich: Der Ultraschall bringt

Entwarnung – wenn man so will, denn es sind doch Wehen – der Muttermund ist bereits zwei Zentimeter geöffnet. Es ist so weit. Wie weit? Keine Ahnung. Was weiß ich überhaupt? In dieser Situation gar nichts. Zu der Freude über den Anfang gesellt sich die Panik über das Ende.

Eine andere Person, eine Hebamme, kommt zu mir – ein Glück. Ich soll erst einmal noch ein bisschen laufen. So sehr ich auch wieder auf meinen großen Plastikball will, jetzt schon jammern geht gar nicht. Also Arschbacken zusammenkneifen und durch. Ich fange an, im Flur hin und her zu laufen, wie bei mir daheim, nur fühlt es sich anders an. Ich habe Gewissheit: Irgendwann in den nächsten Stunden werde ich Mutter. Ein weiterer Unterschied ist die Umgebung. Ein Krankenhaus bleibt nun einmal ein Ort für Kranke. Die Wände und das ganze Setting strahlen diese kühle Distanz aus, die einen eigentlich davonjagen soll. Und da steht man nun und will unbedingt hinein. Die Eintrittskarte: unbeschreibliche Schmerzen. In meinem Wohnzimmer schien eine Geburt noch in weiter Ferne.

Ich laufe und laufe und laufe. Die Wehen werden stärker. Ich muss schreien. Die Pädiatrie ist direkt nebenan. Also schnell raus, das will keiner hören. Mein Mann immer hinter mir her. Draußen wieder dasselbe – hin und her und hin und her. Lange halte ich es nicht aus. Der Schmerz kommt immer wellenartiger, jetzt also doch typische Wehen? Wir gehen wieder zurück. Ich will eine geschlossene Umgebung, Sicherheit, keinen freien Raum, draußen in der Kälte, keine Kontrolle. Das Krankenhaus und die Möglichkeiten, die es bietet, vermitteln mir dann doch so etwas wie ein Gefühl der Kontrolle.

Die Hebamme ist nicht begeistert, dass ich es nicht schaffe zu laufen. Aber ich will meinen scheiß Pezziball – sofort! Gesagt, getan. Ich sitze in einem Untersuchungsraum. Neben meinem Mann und dem großen Gummiball begleitet mich nun auch eine Kotztüte. Kotzen? Ja, und zwar vor Schmerzen. Dabei dachte ich immer, ich sei hart im Nehmen, mein Körper würde einiges aushalten. Doch: Mit dem immer schlimmer werdenden Schmerz kommt dann auch irgendwann die Kotztüte zum Einsatz. Und als würde das nicht reichen, begrüßt mich auf der Toilette ein Schwall Blut. „Ich brauche die Hebamme", rufe ich meinem Mann zu, „es ist alles voller Blut." Wir reden hier nicht von ich habe meine Tage-Blut, sondern von erschreckend viel Blut. Hätte ich wissen müssen, dass das normal ist? Auch hier – keine Ahnung. Ich gehöre zu den Müttern und Schwangeren, die einfach nicht alles wissen, sich nicht ununterbrochen mit dem einen Unausweichlichen beschäftigt haben.

Noch ein paar Wochen vor der Geburt habe ich gearbeitet – viel gearbeitet. Als Selbstständige wahrscheinlich kein Wunder. Wir arbeiten 24/7. Du kannst dir meine Freude vorstellen, als ich erfahren habe, dass ich als Mitglied der Künstlersozialkasse Anspruch auf Mutterschaftsgeld hatte. An so etwas habe ich im Leben nicht gedacht, als ich mich selbstständig gemacht und meine Versicherungen geregelt habe (deshalb hier der Hinweis für alle, deren Horizont bei solchen Dingen auch nicht so weit reicht). KSK – ein Glück, denn so gerne ich arbeite, die letzten vier Wochen der Schwangerschaft waren schwer.

Bis zum siebten Monat habe ich noch moderates Langhanteltraining gemacht, bin bis zum achten Monat über die Treppe in den fünften Stock – immer alles in meinem Tempo – und bis zur Mitte des neunten Monats bin ich noch Fahrrad gefahren. Am Ende ging nur noch Schwangerschaftsyoga und das auch nur selten.

Jetzt könnte man meinen, dass ich fit war für die Geburt … war ich nicht. Unabhängig davon, dass Kondition ein Arschloch ist, das man sich mühevoll antrainieren muss und das immer hungrig ist. Es verschwindet mir nichts dir nichts, sobald man aufhört es zu füttern – auf die Geburt kann man sich konditionell wirklich nicht vorbereiten. Sie bleibt nun einmal ein Erlebnis, das nicht vorhersagbar und unglaublich anstrengend ist. Und so saß ich lieber auf meinem Gummiball, wippte hin und her und schrie den Schmerz ins Nichts, wie ich es zuvor in der Geburtsvorbereitung und beim Yoga gelernt hatte als durch die Gegend zu laufen.

Mit dem Blut kommt dann auch endlich mein Umzug in einen der Entbindungsräume. Keine Ahnung, wie viel Zeit bis dahin vergangen ist, aber ich bin so weit, definitiv. Sie kann kommen! Sie will es aber nicht. „Wir haben vier Zentimeter", lächelt mich die Hebamme an. Vier beschissene kleine Zentimeter. Wie um alles in der Welt soll da ein dreieinhalb Kilo schweres Kind durch. Ganz einfach: gar nicht. Um mir die Wartezeit zu „versüßen", stimme ich einem Einlauf zu. Dafür hatte ich mich noch lange vor den ersten Wehen entschieden. Nicht nur, dass dein Darminhalt als Hürde für dein Kind schlichtweg im Weg ist, ich wollte einfach vermeiden, mich während der Geburt auf meinem Kind zu entleeren.

Kaum ist die Lösung drinnen, muss ich auch kurz darauf schon verschwinden. Geschafft, denke ich. Fünf Minuten später dann die Katastrophe. Ich habe mich gerade wieder auf der Liege in Position gebracht, um die nächste Wehe „wegzuatmen", als sich mein Darm meldet. Es gibt keine Chance, das, was sich in meinem Inneren ankündigt, aufzuhalten. Jetzt schreie ich meinen Mann zum ersten Mal an: „RAUS! Raus hier, sofort". Er schaut mich irritiert an und geht. Ich gebe der Schwester Bescheid und sie hilft mir wie einer inkontinenten alten Frau mich meines „Maleurs" zu entledigen. Das Spiel wiederholt sich noch einmal. Ich wusste gar nicht, wie viel Scheiße ein einzelner Mensch in sich hat. Das will keiner hören, ich weiß. Aber, wenn es bei dir so weit ist, hilft dir diese Information vielleicht bei der Entscheidung, noch ein wenig zu warten, bevor du dich nach einem Einlauf wieder in dein Bett legst. Frau lernt nie aus.

Die Schmerzen werden immer schlimmer, doch der Muttermund gibt nicht nach. Hebamme und Ärztin fragen mich unabhängig voneinander, ob ich Sportlerin bin – mein Gewebe ist fest – zu fest. Um mir die Schmerzen zu nehmen, bekomme ich ein

Zäpfchen. Die Wirkung entspricht ungefähr dem, was man sich im Angesicht solcher Schmerzen beim Wort „Zäpfchen" vorstellt – sie ist lächerlich. Ich will den richtigen Stoff: Erst mal eine PDA, um die Schmerzen zu überbrücken und meinem Körper Zeit zu geben, dem Druck meiner kleinen Nuss nachzugeben. Das Schwierigste ist stillzuhalten, während die Ärztin die Spritze setzt. Bei mir ist es irgendeine Anfängerin, die ihr Glück an meinem Mark ausprobieren darf. Kein Problem. Ich bin grundsätzlich dafür zu lernen, sich zu entwickeln und irgendwann muss man ja anfangen, die Dinge in die Hand zu nehmen – also gerne auch die junge Ärztin bei meiner PDA.

Es läuft alles glatt, nur mein Po wird merkwürdig warm und so richtig taub wird mein Unterleib nicht. Für mich bedeutet das so viel wie: PDA ja, aber Schmerz auch ja. Ich schreie mich weiter durch ihn hindurch. Zum Leidwesen meines Mannes, der immer noch im Flur vor der Tür zum Entbindungszimmer darauf wartet, wieder rein zu dürfen. Zugegeben, der Schmerz ist nicht mehr ganz so schlimm und wird mit der Zeit auch geringer, aber so wirklich richtig gut läuft auch das Verabreichen der Medikamente nicht. Mein Mann hört draußen, wie die Ärztin ihre Mentorin anruft, um ihr zu schildern, dass irgendetwas schiefgegangen ist, und um das weitere Vorgehen zu besprechen. Davon bekomme ich in meinem Tunnel im Zimmer aber zum Glück nichts mit. Und wie gesagt, es gibt nicht viel, was du vorhersehen kannst, außer vielleicht das Geschlecht deines Kindes.

Ich dachte zum Beispiel immer, ich mache eine Wassergeburt. Ich liebe das Wasser, es ist mein Element. Tatsächlich ist für mich, als es so weit ist, aber nichts angenehmer, als einfach im Bett zu liegen, die Augen bei jeder Wehe zu schließen und mich darauf zu konzentrieren, den Schmerz wegzuatmen – weg zu schreien. Schreie, die mein Mann, der mittlerweile wieder im Raum ist, so sagt er heute, nie vergessen wird. Nicht nur meine, auch die der Frau, die offenbar im Entbindungssaal neben uns liegt und die ich – wie könnte es anders sein – nicht höre. Tunnel.

Nach zwölf Stunden ist es geschafft, der Muttermund ist endlich zehn Zentimeter geöffnet. ABER das Kind steckt irgendwie fest. Was die Austreibungsphase ist, wird zur Antreibungsphase. Denn nun wird mir nicht nur Wehenmittel gegeben, damit es wieder richtig losgeht, ich sitze außerdem in der Hocke auf dem Tisch und muss meine Beine abwechselnd zur Seite öffnen. Vielleicht haben das Treppensteigen und das lange Hanteltraining konditionell also doch ihr Gutes gehabt – trotz des „festen Gewebes", das ich mir mühevoll antrainiert habe und das meiner Tochter den Weg in die Freiheit versperrt.

Das Fruchtwasser verabschiedet sich endlich. Es ist grünlich. Höchste Zeit, meine Tochter endlich in die Arme zu nehmen. Doch bevor ich das machen kann, berühre ich den Kopf, der sich seinen Weg ins Freie bahnt. Ich berühre einen Teil meines Körpers. Nein, es ist ihr Körper. Es ist ihr Kopf. Noch hängt er mit meinem Körper zusammen.

Und dann kommt das, worauf alle Gebärenden sehnsüchtig warten: PRESSEN. Es ist der Akt, der einem im Fernsehen immer wieder begegnet und der nicht im Entferntesten Sinnbild dessen ist, was so eine Geburt von Anfang bis Ende definiert. Die Frau, die verschwitzt und am Rande des Wahnsinns presst ... ein, zwei, drei Mal – und schwupps ist das Baby da. Aber es ist auch der Akt, der dir in der Realität die lang ersehnte Erleichterung bringt, wenn du den Schmerz rausschiebst.

Insgesamt bleiben drei Stunden, dann muss es geschafft sein. Die kleine Nuss muss auf der Welt sein. Doch leider steckt meine kleine Nuss immer noch fest. Auch nachdem sich eine Schwester auf meinen Bauch schmeißt und von oben schiebt, es rührt sich nichts. Ich fühle mich wie eine dieser Quetschfiguren, auf die man drückt und die Augen ploppen raus, nur dass meine Tochter sich nicht nach draußen begeben will.

Die zusätzlichen Schmerzen, die das Gewicht der Schwester auf meinem Bauch auslöst, sind unerträglich. Und als wäre das nicht genug, höre ich nach zwei Stunden Presswehen die schlimmsten Worte, die ich mir in dieser Situation vorstellen kann „Und jetzt noch einmal die Wehen für eine halbe Stunde wegatmen", eröffnet mir die Hebamme. Wegwas bitte??? Atmen? Ich dachte, die Hebamme nimmt mich auf den Arm. Die letzten (Zenti)Meter. Ich drehe mich auf die Seite und versuche dem unheimlichen Drang zu pressen nicht nachzugeben.

Das Gefühl, das ich dabei empfinde, kann ich kaum in Worte fassen. Noch nie ist mir etwas so schwergefallen. Noch nie hat etwas meinen Körper so sehr gefordert oder meinen Geist. Jede Wehe ist wie, welch anderer Vergleich wäre passender: eine Welle. Sie muss einfach brechen. Das ist Gesetz. Ein Versuch, dieses Gesetz zu brechen, muss scheitern. Es ist fast unmöglich. Der Körper krümmt sich, wehrt sich, wütet. Dreißig Minuten mich zu knechten. Danach bin ich erschöpft. Ich muss sie einfach sagen, die Worte, die keine Hebamme und Ärztin bei der Geburt hören wollen: „Ich kann das nicht, ich kann nicht mehr".

Als ich wieder pressen darf, lege ich meine letzte Kraft in jede einzelne Wehe, drücke, drücke, drücke. Presse sogar einmal öfter als es Hebamme und Ärztin wollen. Sie lächeln, ich leide. Und doch reicht es nicht. Am Ende greift die Hebamme zum Skalpell oder irgendetwas anderem – ich sehe nichts, ich spüre es auch nicht – und schneidet mir ins geschundene Fleisch: ein Dammschnitt. Ist mir egal, alles egal. Hauptsache meine Tochter findet ihren Weg in meine Arme, bevor ihr mein Körper, der sie zuvor geschaffen hat, das Leben verwehrt.

Die kleine Nuss. Insgesamt 15 Stunden dauert ihr Weg in mein Leben. Dann liegt sie endlich auf mir – 54 cm und rund 3,6 Kilo. Sie schreit. Die Geburt war auch für sie anstrengend. Es kommt, was kommen muss: Die Plazenta bahnt sich mit der nächsten Wehe ihren Weg nach draußen. So nah habe ich mich unserer Natur noch nie gefühlt. Wir sind, was wir sind. Mein Mann und ich schauen die Plazenta ungläubig an – sie sieht wie ein riesiges, plattgedrücktes blutiges Herz aus – und er schneidet die Nabelschnur durch. Endlich geschafft. Dumm nur, dass die Anstrengungen damit erst beginnen.

ENDLICH GESCHAFFT?

Erkenntnis: Frau schafft es nicht, Frau macht es einfach.
Bekenntnis: Ich fühle mich fremd.

Während ich zu verstehen versuche, was gerade passiert ist, eröffnet mir die Hebamme, dass sie in mein Fleisch schneiden musste – ein Dammschnitt also – und ich zudem einen Scheidenriss hätte. Einen was? Egal. Nähen? Egal. Ich liege einfach da und lasse sie an mir werkeln, während ich das neue Wesen im Arm halte und betrachte. Und so existieren wir einfach für einen Augenblick. Das neue Wesen auf mir, mein Mann sitzend neben mir, die Ärztin und Hebamme zwischen meinen Beinen. Sie kümmern sich um das Schlachtfeld Körper, nähen die Verwundete. Keine glorreichen Worte kommen über meine Lippen, keine Weisheiten. Nur „Oh mein Gott, ach du scheiße". Es ist einfach das Leben.

Was ist da gerade passiert? Puff, ist ein neuer Mensch auf dieser Welt und DU musst dich ab jetzt um ihn kümmern. Dass dir in dem Augenblick einfällt, dass du selbst noch nicht erwachsen bist (so etwas wie erwachsen zu sein, gibt es nämlich nicht), ist völlig egal. Es beginnt ein neues Leben – dein neues Leben. „Wer bist du?", denke ich und denke es noch heute nach fast sechs Monaten, wenn ich meine Tochter anschaue. Wie unwahrscheinlich ist dieses Wesen, das mein Leben bestimmt. Sie liegt einfach da und kündigt still Veränderung an.

Transformation. Alle reden von Transformation, vornehmlich der digitalen, mittlerweile auch vermehrt von der der Nachhaltigkeit. Ein Kind zu bekommen, ist die wohl nachhaltigste Transformation, die dein Leben durchmachen kann. Es ist zumindest die einschneidendste Veränderung, die ich je erleben durfte. Und dabei hilft dir kein Startup, keine Kooperation, keine Technologie (wenn auch vielleicht ein bisschen durch Apps und Co.). Diese Transformation musst du alleine meistern. Dein Mann, dein Partner, deine Frau, deine Partnerin, dein/e geschlechtsloses was weiß ich, völlig egal, der Mensch, der sich dieser Transformation gemeinsam mit dir stellt, muss sie meistern.

Auch meine Tochter ist starr vor Schreck über die Plötzlichkeit des Seins. Ihr erster Akt. Sie tut es ihrer Mutter gleich und entlädt sich unkontrolliert. Nur nicht über dem Tisch, sondern auf meinem Bauch. Könnte ich stolzer sein? Einfach mal als erstes auf alles scheißen. Egal, dass alles in dem Fall ich bin. Es ist ihre erste Handlung, die mir ein Lachen entlockt. Und wieder muss die Hebamme ran und das Kindspech von meinem noch sehr weichen, aufgeblähten Bauch wischen.

Mein Mann macht nur unter Protest ein Bild von meiner Tochter und mir im „Sein". Aber ich will es. Schwarz auf weiß. Einen Beweis für diesen Augenblick, der sobald er kommt auch schon wieder geht. Dann folgt der erste gemeinsame Schritt in das neue Leben: der erste Schluck. Die Hebamme nimmt den kleinen Menschen und legt ihren Mund an meine Brust. Eine Brust, die früher keinen anderen Zweck erfüllte, als schön zu sein. Und ja, wenn ich mich selbst auch nie als klassisch schön bezeichnen würde, meine Brust war es. Sie war Objekt. Jetzt aber wird dieses Objekt seiner eigentlichen Funktion zugetragen und zu einer Bar. Auch nicht schlecht, neue Objektivität.

GEDANKEN_WEHE

Eine Bar würde ich auch gerne mal wieder aufsuchen. Ein schönes kaltes alkoholisches Getränk. Ja, ich liebe den leichten Rausch. Zehn Monate hatte ich bei der Geburt schon keinen, sechs würden noch folgen. Zeitsprung: Derzeit, kurz vor dem Erreichen des Sechsmonatsgeburtstags meiner Tochter, spiele ich mit dem Gedanken, den ersten Tropfen leichten Rausches wieder zu mir zu nehmen. Noch sind es nur Gedanken.

***

Zum Zeitpunkt des ersten berauschenden Barerlebnisses meiner Tochter ist an ein eigenes noch nicht zu denken. Sie weiß nicht recht, was sie macht – ich auch nicht. Mein Mann will mir helfen, sie anzulegen. Die Hebamme meint, ich schaffe das allein. Aber gar nichts schaffe ich allein.

Dann meldet er sich: der Hunger. 15 Stunden konnte ich fast nichts zu mir nehmen. Und jetzt schmeckt ein gewöhnlicher Haferriegel mit Schokoladengeschmack wie ein Geschenk des

Himmels. Mein Mann hat vorgesorgt. Ich gestehe, ich bin süchtig. Zuckersüchtig. Seit der Schwangerschaft schaufele ich Zucker in all seinen prächtigen Formen wie die Umpalumpas in der Schokoladenfabrik in meine ganz eigene kleine Fabrik, die nur einem Zweck dient: einen neuen Menschen kreieren. Ein Wesen des Zufalls so wie wir alle welche sind.

Kaum ist der Haferriegel gegessen und mein Körper ein wenig von den Überbleibseln des gerade erst beendeten Kampfs befreit, darf ich samt Tochter auf dem Arm im Rollstuhl auf mein Zimmer. Vorher aber erwartet mich der erste Schreckmoment, die erste Angst, die in den folgenden Wochen noch verschiedenste Formen annehmen wird – denn ständig wartet das Unbekannte auf einen und wer das Unbekannte googelt (wer macht das nicht?), macht Google zu nicht mehr als einen Überbringer schlechter Omen.

Dieser erste Schreckmoment definiert sich über eine riesige Delle auf dem Kopf meiner Tochter. Ganze 37 cm misst ihr Kopf. Das ist grenzwertig. Hinzu kommt diese riesige Delle. Tatsächlich dürfte der Kopf also größer sein. Kein Wunder, dass wir kämpfen mussten. Ich betrachte die Einbuchtung mitten auf ihrem Kopf und bin hilflos. „Abwarten", sagt die Hebamme. Das könne sich noch geben. Neben der Delle ziert zudem ein großes Feuermal ihr linkes Bein. Auch hier ist Abwarten angesagt. Die Ärztin würde sich das noch einmal anschauen. Was bleibt mir auch anderes übrig als zu warten.

Und dann noch das: Bevor wir den Raum verlassen, das erste merkwürdige Gefühl des Kontrollverlusts und das im wahrsten Sinne des Wortes. Ich schaue die Hebamme auch jetzt wieder beschämt an und gestehe, ich sei nicht sicher, ob ich aus Versehen ins Bett gemacht hätte. Sie schaut nach. „Alles gut", versichert sie mir. Es ist also nichts – noch nichts. Völlig zerstört höre auch ich dann auf dem Weg von der Front in die sicheren vier Wände eines Zimmers der Entbindungsstation die Schreie der anderen Frauen, die ihrerseits noch kämpfen. Ich sehe sie im Wartebereich liegend stöhnen und kann mein Glück kaum fassen, dass nicht ich dort liege.

„Die armen Frauen", flüstere ich meinem Mann zu, während eine Schwester mich weiterschiebt und meinen Mann und mich in unser neues Leben entlässt. Ein Leben, das in einem Doppelzimmer mit einer Kaiserschnittpatientin seinen Anfang findet. Frau X läuft noch schnell in ihrem Krankenhaushöschen ins Bad, ich hieve mich irgendwie in das bereitgestellte Bett, meine Tochter liegt in einem Beistellbettchen neben mir. Das Licht ist grell. Alles ist surreal. Das ist meine neue Realität. Es ist kurz vor 20:00 Uhr. Die Besuchszeit ist fast rum. Mein Mann muss mich verlassen und überlässt mich widerwillig der Ungewissheit über die erste Nacht als Mutter.

DUNKELHEIT

Erkenntnis: Stillen geht nicht leicht von der Brust.
Bekenntnis: Ich bin kein Naturtalent.

Noch fühle ich mich fremd. Meine Tochter ist ein fremder Mensch, mein Körper eine fremde Hinterlassenschaft einer Schlacht ums Leben. Alles, was ich will, ist schlafen. Noch vor kurzem hätte ich dazu nichts anderes machen müssen, als einfach die Augen zu schließen und langsam weg zu driften, um so lange zu ruhen, bis mein Körper sich von selbst wieder unter die Wachen wagt. Wenn sich auch an dem Prinzip nichts verändert hat, so einfach wird es für lange Zeit nicht mehr sein.

Das Wesen, das noch friedlich neben mir liegt, ist genauso hilflos, wie ich mich fühle. Ich weiß, ich trage die Verantwortung, ich muss mich kümmern. Sie ist meine Aufgabe. Ich liebe sie, natürlich. Aber ich erlebe keine plötzliche Erkenntnis über mein Leben, das nun endlich seinem eigentlichen Zweck zugeführt wurde. Auch Mutterschaft ist mir noch fremd. Genauso fremd wie vor der Geburt. Wo nur bleibt das Gefühl der Gewissheit, dass es das ist, worauf ich mein Leben lang gewartet habe. Dieses eine, wovon so viele Mütter berichten. Stimmt irgendetwas mit mir nicht?

Eine Schwester reißt mich aus meinen Gedanken. „Hier drüben ist der Wickeltisch", raunt sie noch kurz bevor sie geht. Ich würde sie am liebsten im Zimmer festbinden. Wickeltisch, ok, mhhhh. „Und wann wickele ich?", sage ich in den Raum hinein lächelnd und schaue zu Frau X, als würde ich Witze machen. In Wahrheit aber halte ich das alles für einen Witz. Leider ist mir aber gar nicht zum Lachen zumute.

Als Selbstständige habe ich mich schon in so manches Berufsabenteuer geschmissen, ohne zu wissen, was auf mich zukommt. Ich liebe den Nervenkitzel – aber nicht um jeden Preis. Hier geht es um ein Leben. Meine Tochter ist mir ausgeliefert und ich in gewisser Weise ihr. Wann um alles in der Welt wickele ich also das kleine fragile Wesen, das neben mir liegt? Wann stille ich sie? Ich bin ahnungslos und überfordert. Eigentlich will ich nichts lieber als schlafen. Geht aber nicht. Also mache ich es wie Frau X. Einfach nach jedem Stillen wickeln. Verstanden. Und wann und wie stille ich?

Schon die ersten Stunden meines neuen Lebens stellen mich vor Herausforderungen, die ich so nicht kommen sah. Nicht in der Intensität der Verunsicherung, die sie bei mir auslösen. Vergessen sind all die Gespräche, die man während der Vorbereitung über das Stillen führte und erst recht die Texte, die man mit Schwangerschaftsdemenz auf dem Sofa gelesen hat. Das ist nicht mehr als schnöde Theorie.

In dem Augenblick aber liegt ein lebendes Wesen neben mir und ich muss darauf achten, dass es auch am Leben bleibt. Also wenn sie schreit, einfach ran an die Brust. Was sonst. Learning by doing und Trial and Error – was auch immer das in diesem Fall bedeuten mag. Wir dimmen schon bald die Lichter und bleiben im Schein eines Nachtlichtes zurück.

Vier fremde Menschen, die ihr Intimstes teilen müssen. Es ist bizarr. Vor mir liegt eine schreckliche Nacht, neben mir eine erschreckende Aufgabe. Von wegen Kind auf den Bauch gelegt und endlich den Sinn des Lebens erfahren. Für mich ist es mehr als ein Kennenlernen des neuen Menschen, es ist ein Kennenlernen meines neuen Ichs, und alles, was ich mir an diesem Abend wünsche, ist endlich die Augen zu schließen und mich auszuruhen. In dem Moment kann ich noch nicht ahnen, dass ich auch sechs Monate später noch immer sehnsüchtig an eine Nacht voll Schlaf denken werde.

GEDANKEN_WEHE

Es ist in diesem Augenblick, da ich diese Worte schreibe, zehn vor zehn. Meine Tochter schläft und eigentlich müsste ich es ihr gleichtun. Wahrscheinlich werde ich auch schon bald für ein kurzes Nickerchen neben ihr liegen, bevor es sie wieder an meine Brust zieht. Mittlerweile versteht sie das Geschäft mit der Milch – hat ihr Spiel perfektioniert. Gekonnt schnappt sie auch im Dunkeln nach meiner Brust und saugt sich in den Schlaf, mich gleich mit. Das war nicht immer so.

***

In dieser ersten Nacht sind wir Fremde. Wir sprechen nicht dieselbe Sprache. Und während ich hungrig nach Erholung bin, ist meine Tochter eben einfach nur hungrig. Und wie: Sie clustert. Nein, ich spreche nicht von den fast gleichnamigen Cerealien, die ich die letzten Monate meiner Schwangerschaft nur allzu gerne zum Frühstück verspeist habe. Wie schön und einfach wäre es, ihr einfach eine Schüssel Müsli mit Milch hinzustellen. Wovon ich bei dem Begriff „clustern" spreche, ist das ununterbrochene Saugen an meiner Brust, in kurzen Abständen und über Stunden.

Doch erst einmal Licht aus – Dunkelheit – und Spot an auf Frau X. Die arme Frau kann ja auch nichts dafür. Auch sie ist auf einmal eine Hauptfigur im Drama um die Transformation zur Mutter. Ihr kleiner Sohn schreit und schreit und schreit. Ich kann nicht mehr. Ich lächele müde zu ihr rüber. „Du arme! Das wird schon", flüstere ich. Noch weiß ich nicht, wie elektrisierend das Geschrei auf meine Tochter wirkt. Noch mimt sie die Schlafende.

Ich beobachte also Frau X, die ihren Sohn stillt oder es versucht und dann wickelt. Ich muss es ihr nur gleichtun, sobald meine Tochter sich meldet. Wenn das mit der Bewegung nur nicht so schwer wäre nach einem Arschaufriss im wahrsten Sinne des Wortes, der es in sich hat. Ich laufe, als hätte ich mir in die Hose gemacht. Tragische Ironie, denn was ich zu diesem Zeitpunkt noch nicht ahne, ich werde kurzzeitig unter einer latenten Inkontinenz leiden. Ja, du hast ganz richtig gelesen. „Mein Name ist Nadine, ich bin 34 Jahre alt und (war) inkontinent".

Doch in dieser ersten Nacht ahne ich noch nichts von den Widrigkeiten, die in den nächsten Tagen auf mich zukommen und mein Leben auf den Kopf stellen. Nein, meine Geschichte ist nicht die Regel.

Denn es gibt schlichtweg keine Regeln. Eine Geburt ist wie eine Wundertüte, ach warte, so etwas Ähnliches sagte ja schon Forrest Gump über das Leben. Lassen wir das also. Aber wir verstehen uns. Bei mir standen eben, um eine andere Metapher zu verwenden, keine Harry Potter „Bertie Botts Bohnen" mit Erdbeergeschmack auf dem Programm, sondern die feinen mit Popelgeschmack. Kann man auch essen, muss aber nicht sein. Lass dich überraschen ...

Kaum hat sich Frau X hingelegt, fängt ihr kleiner Mann wieder an zu schreien. Jetzt regt sich im schummrigen Licht der Nachtlampe auch bei meiner Tochter zum ersten Mal etwas. Sie stimmt mit ein. Was tun? Ich nehme das fragile Paket aus ihrem Bettchen und lege sie an meine Brust. Wir sind beide noch unbeholfen. Wie genau kann ich meiner Tochter helfen, die erlösende Milch aus meiner Brust zu saugen?

Es bahnen sich nur ein paar kleine Tröpfchen ihren Weg aus meiner Brust in die Freiheit. Meine Tochter saugt um ihr Leben. Und saugt und saugt und saugt. Die ersten Male sind merkwürdig. Manchmal wird mir schwindelig. Zu dem Gefühl der Hilflosigkeit gesellt sich demnach Schwäche und die bereits erwähnte Irritation über die neue Funktion meiner Brust. Ganze fünf Stunden lasse ich sie immer wieder saugen. Meine Brustwarzen sind schon ganz wund und das am ersten Abend.

Zu den „alten" längst nicht verheilten kommen neue Wunden der Mutterschaft. Irgendwann hole ich mir Hilfe und klingele die Schwester herbei. Ah ja, so geht das also. Ich tue so, als habe ich verstanden. Stillen für Dummies. Allerdings, so viel gibt es da nicht zu verstehen. Es ist ein Tanz, den man nur durch Übung lernen kann. Das zeigt mir auch Frau X, die Stillhütchen verwenden muss. Keine Brust ist gleich, kein Baby, keine Stillsession.

GEDANKEN_WEHE

Eine Bekannte hat sich einst darüber lustig gemacht, dass die Hebamme bei der Geburtsvorbereitung erklärte, der Säugling fände von ganz alleine die Brust. Man solle ihn einfach auf den Bauch legen und er würde zur Brust robben. Äh ja, nein. Ganz so funktioniert es dann doch nicht. Zumindest hat keine Mutter, die ich kenne, von ihrem kleinen „Milchspürbaby" berichtet. Worüber sie berichtet haben, sind Stillhütchen, wunde Brustwarzen und dass es gar nicht klappt. Mach dir also nichts draus, wenn du und dein Baby für euren Tanz nicht gleich die höchste Punktzahl der Preisrichter erhaltet.

***

Auch ich musste üben. In der ersten Nacht wusste ich noch nichts von all den kleinen Hilfsmittelchen, die einem so zur Verfügung stehen, und dass es keine so gute Idee ist, ein Baby einfach immer wieder an die Brust zu lassen. Und so hat meine Tochter mir eben einmal richtig schön die Brustwarzen wund gesaugt. Tja, so ist das eben. Zu dem nicht vorhandenen Können beim Stillen kommt bei mir dann noch an diesem Tag 0 die Gewissheit, dass wenigstens eine der Schwestern mich als Mutter wohl für mehr als „untalentiert" hält. Als ich sie panisch anschaue, nachdem ich sie in der Nacht in unser Zimmer gerufen habe, da meine Tochter einen so merkwürdigen Schrei von sich gegeben hat, dass ich mir anders nicht zu helfen wusste, bekomme ich nur die verächtliche Frage gestellt, ob ich denn eine Hebamme hätte. „Na dann is ja jut", belächelt sie mich. Du mich auch ...

Irgendwann hat man sich an die Geräusche gewöhnt, die die kleinen Wesen so von sich geben. Aber glaube mir, viele dieser knurrenden, murrenden, krächzenden, ächzenden Jauchzer und Schreie sind bizarr. Sie sind manchmal auch unheimlich. Sei also vorbereitet auf deine erste Begegnung der Schreiart – und keine Panik!

Meine erste Nacht war ein Potpourri aus den wunden Brustwarzen, der Gewissheit, dass ich zu dumm für die Mutterschaft bin und einem Chorgesang zweier Wesen, die im Wettbewerb um den lautesten Schrei zu sein schienen. Und weil das nicht reicht, reiht sich in die Riege der unerwünschten Begleiter früher Mutterschaft das unkontrollierte Abgehen von Winden – ganz genau, Pupsen. Ich kann sie nicht halten. So sehr ich mich konzentriere und anstrenge, der Bereich um meinen Po ist taub. Da gibt es nichts zum Zukneifen. Der Weg der Scham geht also weiter.

In Gedanken höre ich nur Game of Thrones „Schande, Schande, Schande" und Frau X gleich darauf ein leises „Tut mir leid", als ich ihr gegenüber meinen neuen, leider ab und zu hörbaren Kontrollverlust eingestehe. Viel mehr Scham geht in diesen ersten 24 Stunden meines neuen Lebens nicht. Irgendwann schlafen wir endlich alle ein, finden ein bisschen Ruhe. Es sind diese Ruhehäppchen, die künftig mein Leben definieren. Und eines stand fest, ich hatte einen riesigen Hunger.

SONNENAUFGANG

Erkenntnis: Wenn es irgendwie geht, nimm im Krankenhaus ein Familienzimmer.
Bekenntnis: Manche Menschen treiben mich in den Wahnsinn.

Mein Mann hat sich für acht Uhr angekündigt. Ich freue mich darauf, die Ungewissheit und Aufgabe zu teilen. „Ich hoffe, das ist in Ordnung?", frage ich noch Frau X. Schließlich teilen wir uns einen privaten Raum, in dem unsere Brüste fast den ganzen Tag raushängen, ich meine Pupse nicht mehr bei mir halten kann und wir uns in einer körperlichen Konstitution befinden, in der wir niemals jemanden in unseren eigenen vier Wänden empfangen würden. Sie hat nichts dagegen, auch ihr Mann würde bald da sein. Super, dasselbe Boot, zumindest fast.

Das Spiel um Speis und Trank mit meiner Tochter setzt sich bei Tageslicht fort. Zum Glück ist jetzt aber mein Mann da. Im Schlepptau hat er Erdbeeren. Meine Leibspeise. Fast jeden Tag habe ich während der Sommermonate eine 500-g-Schale weggeputzt. Für diesen Luxus Ende Oktober geht er am Morgen, bevor er zu mir ins Krankenhaus kommt, extra noch einen Kilometer in die falsche Richtung, um sie bei einem Obstverkäufer an der Straße einzukaufen. Ich biete Frau X welche an, die dankend ablehnt.

Zu zweit und im Tageslicht ist die neue Aufgabe, die mein Leben ist, nicht mehr ganz so beängstigend.

Ich kann mich auf meinen Mann verlassen, er „bedient" mich, ist für mich und unsere Tochter da. Es zieht mich unter die Dusche. Ich muss die Überbleibsel der Geburt abwaschen. Am Abend zuvor sollte ich noch abwarten – ich kann mich nicht wirklich erinnern warum, aber ich glaube wegen der PDA. Ich watschele also ins Bad, mein Unterleib ist ein Schlachtfeld. So wird es auch erst einmal bleiben.

Bei der Geburtsvorbereitung lauschte ich noch ganz gebannt den Erzählungen der Hebamme. Nach der Geburt folgt eine Blutung. Eine Blutung. Es blutet. Und wie. Und ja, du brauchst wirklich Raketenbinden, um das, was sich nach der Geburt den Weg nach draußen bahnt, aufzufangen.

Nachdem ich meine entsorgt habe und unter die Dusche geschlichen bin, genieße ich ein paar Minuten „Normalität", gespickt von einer etwas komplizierten Art mich zu waschen. Der Unterleib beziehungsweise dessen Ausgänge wollen schlichtweg keine Berührung. Aber Duschen tut gut. Wie nach einer ausgiebigen Partie Sport. Wenn du den Punkt erreicht hast, an dem du so richtig durchgeschwitzt bist, dir völlig egal ist, wie du aussiehst. Es geht nur um den Moment. Du hattest dein Hoch und fühlst dich einfach nur gut, und dann noch eine Dusche, um die ganze Schlechtigkeit, die aus deinen Poren ausgetreten ist, den Abguss runter zu spülen. Auch ich werde in ein neues Leben geboren.

Das kleine Paket, das im Zimmer auf mich wartet, braucht meinen Körper. Ich muss ihn pflegen, wieder zu Kräften kommen lassen. Die ersten

Schritte sind getan. Zurück ins Bett. Es folgt, was folgen muss: Untersuchungen. Die Kinderärztin schaut sich meine Tochter an. Die Delle im Kopf ist zum Glück verschwunden. Bleibt das Feuermal. Ihre linke Wade und der Fuß sind gezeichnet. „Das müssen Sie beobachten", lächelt uns die Ärztin an. Ich beobachte, aber was? Keine Ahnung. Ich weiß ja nicht einmal, wer dieses unwahrscheinliche Wesen ist, dem ich meinen Körper gebe, um es zu sättigen, meine Hände, um es zu beschützen und ...

... diesen Satz habe ich zu einem anderen Zeitpunkt angefangen und nicht beendet. Wahrscheinlich hat meine Tochter mich aus dem Schreibfluss gerissen, und jetzt sind laut der letzten Speicherung zwei Wochen vergangen. Keine Ahnung, wie er enden sollte. Auch das ist neue Normalität. Nicht nur, weil an dem Ort, an dem früher mal Ideen sprießten, nur noch Chaos vorherrscht. Schreiben ist ein Luxus, den ich mir erst verdienen muss. Ich frage meinen Mann, der in diesem Moment neben mir liegt, wie der Satz wohl enden sollte. Er scherzt: „... und meine Seele, um nicht in die Hölle zu kommen". Tatsächlich nimmt sie ein Stück meines Selbst, und das macht einfach mal gar nichts. Aber zurück zu Tag 1.

Sorgen treiben mich an. Sorgen um ein so unwahrscheinliches Wesen, das fremd erscheint und nach allem verlangt, was du geben kannst. In unserem Fall drehen sich die Sorgen aber wie erwähnt zunächst in erster Linie um ein Feuermal. Ein Feuermal wäre mir im Leben nicht in den Sinn gekommen, als ich vor der Geburt noch alle möglichen Szenarien potenzieller Schrecken durchgegangen bin. Ich dachte immer, wenn alles dran ist, ist alles dran.

Der Kopf – check – der bleibt beim Austritt nicht unbemerkt. Finger, Zehen, Nase, Ohren und und und – alles dran. Dass da dann noch was mit dem ist, was da dran ist, denkt man einfach erst einmal nicht. Wahrscheinlich ist das auch gut so. Außerdem: Es gibt Dinge, auf die kommt man nicht, und für alles andere gibt es Google. Aber lass dir eines gesagt sein: Google ist eine Glaskugel, in der du deine Zukunft besser nicht suchen solltest. Welche Sorge auch immer dich umtreibt, googel nicht zu viel.

Das ist leichter gesagt als getan. Denn es gibt viele Situationen der Ungewissheit. Einmal verschluckt meine Tochter beispielsweise beim Baden Wasser. Es ist nichts passiert. Aber ich habe Angst, dass nachträglich noch etwas passieren könnte. Also googel ich. Das Ergebnis: Babys dürfen nicht viel Wasser trinken, da sie es nicht gut verarbeiten können. Die Folge: Panik.

Ein anderes Mal geht es beim Berater Google um ein Nestchen, das ich um das Kinderbett meiner Tochter montiert habe und Kuscheltiere, die es ihr im Bett gemütlicher machen sollen. Das Ergebnis: Das sind alles Faktoren, die den plötzlichen Kindstod begünstigen können. Die Folge: Panik.

Das zieht sich so über Wochen. Immer wieder passiert irgendetwas, ich höre oder lese etwas und bin verunsichert.

GEDANKEN_WEHE

Dass ich das hier schreibe, ist meinem Mann ein Anliegen. Wie oft schon haben wir uns seit der Geburt gestritten, weil ich immer alles wissen will und er nicht will, dass ich weiß. Er will nicht, dass ich mich verrückt mache. Denn wenn es um die Gesundheit deines Kindes geht, dann wird Google zum Portal der Syndrome. Syndrom, Syndrom, Syndrom. Jede kleine Hautunebenheit, jedes Kotzen, jeder Seufzer, jeder merkwürdige Pups, jeder kleine Schleim, jede Andersartigkeit des Stuhlgangs (und der Stuhlgang ist die ersten Tage DAS Thema): Syndrom, Syndrom, Syndrom.

Das schlimmste am Panikmacher Google und dem Wissen um die gesundheitlichen Dinge, die man eigentlich nicht wissen will, ist dass viele der Symptome dieser zahlreichen und vielfältigen Syndrome, die das Leben deines Kindes und deines für immer nachhaltig verändern würden, zutreffen. Viele Dinge, die dein kleiner Murkel-Me macht, sind auffällig, pah und wie. Völlig normal, aber warte, es könnte auch folgendes sein. Pass nur auf, dass es kein Syndrom hat. Syndrom, Syndrom, Syndrom.

***

Ein Feuermal ist nicht zu übersehen. Ich muss nicht erst googeln, um zu wissen, dass es da ist. Es existiert rot, mahnend und ziert ihr wunderschönes kleines, perfektes Bein. Ein Zaubermal. Ein Foltermal. Ein Mal sie zu ängstigen. Und hoffentlich kein Mal sie zu hänseln. Aber bis zur Schule sind es noch ein paar Jahre. Später haben wir bei einer Spezialistin zumindest für jetzt alle Syndrome, für die dieses Mal ein Anzeichen sein könnte, ausschließen lassen. Lebensdauer der Diagnose: 365 Tage. Dann müssen wir wieder ins Krankenhaus und bangen. Bis dahin bleibt nur beobachten.

Nach meiner Dusche krieche ich wieder ins Bett. Mein Körper ist bleiern. Ich bin müde. Nein, ich bin erschöpft. Da mein Mann da ist, will ich die Augen ein wenig schließen, während er seine wachsam auf unsere Tochter legt. Es hätte alles so schön sein können – Erdbeeren, endlich geduscht und bitte endlich schlafen – wenn da nicht Frau X gewesen wäre.

Natürlich kann man seinen Mitmenschen nicht vorschreiben, wie sie sich rücksichtsvoll verhalten. Aber gibt es da nicht so grundlegende Regeln? Ich für meinen Teil versuche mich an die rudimentärsten Höflichkeiten im Miteinander zu halten. Dazu zählt beispielsweise, dass ich nicht der Frau mit Kinderwagen, die direkt hinter mir durch ein Tor geht, eben jenes einfach ins Gesicht schlage – wie es mir vor einigen Tagen passiert ist. Dazu zählt auch nicht, meine unmittelbaren Nachbarn im Hof nicht zu grüßen – wie es mir schon unzählige Male passiert ist. UND dazu zählt nicht, meiner Zimmernachbarin im Krankenhaus in einem der privatesten Momente ihres Lebens diverse fremde Menschen vorzuführen, während sie verzweifelt versucht, ein bisschen Schlaf zu finden.

Was habe ich mir nur dabei gedacht, zu fragen, ob es sie irgendwie stören könnte, dass mein Mann vorbeikommt. So viel am Rande: Nicht, weil ich wirklich gedacht hätte, dass sie etwas dagegen hat, einfach aus purer Höflichkeit. Genauso wenig habe ich etwas gegen den Besuch ihres Mannes, während ich halbnackt und pupsend um meine Kontinenz bange. ABER zich Besucher, die im Stundentakt das Zimmer betreten, obwohl fünf Meter entfernt eine Cafeteria ist?

Erst als ich von einer Ärztin die Diagnose erhalte, dass meine Körperöffnungen nie wieder das werden, was sie mal waren und ich weinend auf meinem Bett sitze, gönnt sie meinem Mann und mir ein paar Minuten Privatsphäre und bittet ihren Besuch irgendwo anders hin. Keine Ahnung wohin. Das ist mir in dem Moment völlig egal.

Ich sehe mein ganzes Leben einbrechen. Hört sich dramatisch an. Ganz ehrlich, war es für mich auch. Ich war im Schock. Zu der totalen Erschöpfung kam die unfassbare Angst, dass ich nie wieder dieselbe sein würde. Ich konnte an nichts anderes denken als Stuhlgang, der sich zu jeder Zeit unkontrolliert seinen Weg ins Freie bahnt. Dabei hätte ich an nichts anderes denken sollen als den wunderbaren Menschen, der im Bett neben mir lag.

Tatsächlich haben diese Ereignisse meine Geburtserfahrung stark geprägt. Vor meinem inneren Auge eröffnete sich ein Horrorszenario von mir mit Urin- und Kackebeutel beim Sport, Sex oder auf der Arbeit. Keine schöne Vorstellung. Bevor du jetzt aber voller Panik mit deiner Frauenärztin besprichst, welche Konsequenzen die Krafteinwirkungen eines Babykopfes auf deinen Unterleib haben, eine Notiz am Rande: Es ist nicht alles beim Alten, aber die Körperöffnungen machen wieder das, was sie machen sollen, sie halten.

Neben dem Ertragen des dauernden Besuchs und der konsequenten Ignoranz der Bedürfnisse der anderen Personen, die in dem Zimmer auch die ersten Tage ihres neuen Lebens verbringen, muss ich mir dann noch im spitzen Ton von Frau X anhören: „Du hast deinen Mann aber im Griff". Warum? Weil er sich um mich kümmert. Nicht nur ich, auch mein Mann erträgt die latente Beleidigung nur aufgrund der Gewissheit, dass wir diesen Menschen nicht noch einmal sehen müssen, haben wir das Krankenhaus erst endlich verlassen.

Doch vor der Flucht kommt die Kür. Wickeln, stillen, Fieber messen und dann wieder stillen und stillen und stillen, und weil meine Tochter einfach nicht aufhört zu saugen, mache ich mich irgendwann in der zweiten Nacht auf die Suche nach einer Schwester. Ihre Antwort auf das Clustern: Feeden. Mit einer Spritze, einem kleinen Schlauch und ein wenig Milch bewaffnet machen wir uns auf den Rückweg ins Zimmer. Das Nachtlicht leuchtet. Frau X versucht zu schlafen. Meine Tochter jault. Der perfekte Start einer lebenslangen Freindschaft.

Die Schwester legt das kleine Paket auf den Wickeltisch und macht, was mir in den folgenden Wochen noch zwei Mal die Nacht rettet, sie feedet. Die Spritze voller Milch, den kleinen Finger in den Mund meiner Tochter, daneben ein kleiner

Schlauch, durch den die erlösende Flüssigkeit in den Rachen fließt und die lang ersehnte Befriedigung bringt. Es sind nur ein paar Milliliter. Aber sie helfen. Uns beiden. Zumindest ein paar Stunden Schlaf kann ich mir holen, bevor der Tag uns erbarmungslos in die Realität zurückholt.

HOME SWEET HOME

Erkenntnis: Die ersten zwei Wochen sind ein Arschloch.
Bekenntnis: Ich bin noch nicht so weit, Mutter zu sein.

Home sweet Home. Das pflegte meine Mutter immer zu sagen, wenn wir Kinder hinten im Wagen saßen und uns in der sicheren Obhut unserer Eltern auf dem Heimweg befanden. Wie recht sie hatte. Zu Hause ist es doch am Schönsten. Es gibt keinen süßeren Geschmack als den, zu Hause zu sein, und nie hat er so gut geschmeckt wie nach der Geburt.

Der Abschied von Frau X fällt mir leicht. Ich will weg aus dem Krankenhaus und rein in die sicheren vier Wände unserer Wohnung. Sobald wir die U2 hinter uns gebracht haben, gehen wir. Danach noch schnell das kleine Bündel das erste Mal in die mitgebrachten Anziehsachen wickeln, eine Babyschale für den Wagen und ab die Post.

Meine Schwiegereltern holen uns ab und chauffieren uns den einen Kilometer nach Hause – zum Glück. Mein Körper hat mir den Wunsch nach einem Kind noch nicht vergeben. Ich watschele die paar Meter um das Krankenhaus zum Parkplatz und bin heilfroh, einfach nur ein- und aussteigen zu müssen.

Nach der Geburt im Krankenhaus bleiben wollte ich auch gar nicht. Aber wir haben keine Kinderärztin, also bleibt mir nichts anderes übrig, als diese zwei Tage bis zur ärztlichen Untersuchung auszuharren. Denn sind wir erst einmal ausgecheckt, dürfen wir nicht zurück ins Krankenhaus, um die U2 machen zu lassen. Um ehrlich zu sein, bin ich dann aber froh, dass ich nicht zwei Tage nach der Geburt von zu Hause zum Arzt und zurück muss.

Zu Hause wartet ... zumindest schon einmal nicht Frau X. Meine Schwiegermutter hat gekocht und zwar reichlich. Hühnersuppe, Buletten, Braten. Lecker, lecker, lecker. Ich ahne nicht, dass sich in den Speisen die ein oder andere Überraschung in Form von Knoblauch und Zwiebeln versteckt und mir meine Tochter meinen ungehemmten Heißhunger übel nehmen wird.

Trotz der Hilfe bin ich froh, als die Eltern meines Mannes dann gehen und ich ungehemmt meiner neuen körperlichen Schwäche nachgeben und pupsen kann. Ja, dieses kleine Problemchen hat sich mit dem Verlassen des Krankenhauses nicht in Luft aufgelöst.

GEDANKEN_WEHE

„Wie war eigentlich unsere erste Nacht zu Hause?", frage ich meinen Mann nach neun Monaten. Seine Antwort: Wenig Schlaf, und wir haben ständig gedacht, dass sie stirbt, weil sie irgendwelche Geräusche gemacht hat oder eben auch nicht. Ich muss lachen.

Ja, daran kann ich mich erinnern. Alles macht einem verdammt noch einmal Angst. Jede Bewegung, jedes Geräusch, jede neue Tätigkeit.

Angst wird auch künftig das prägendste Gefühl der Elternschaft bleiben – neben neu entdeckter Liebe.

***

Auf jeden Fall muss ich meinen Mann nach dieser ersten Nacht fragen, denn ich kann mich nicht wirklich erinnern. Was ich weiß, ist dass ich noch nie in meinem Leben so sehr an meine energetischen Grenzen gebracht wurde. Du weißt nicht, warum dein Kind weint. Du weißt einfach gar nichts. Wie tröstet man jemanden, mit dem man nicht kommunizieren kann, von dem man nicht weiß, was er will und der einem schlichtweg fremd ist? Fremd im positivsten Sinne des Wortes – wenn es so etwas gibt. Schließlich ist die Person, mit der du ein Kind großziehst, auch nicht immer Teil deines Lebens, sondern ein Fremder gewesen. Fremdheit, die anzieht.

Die ersten Nächte sind lang. Meine Tochter hat mit Blähungen zu kämpfen. Sie weint. Den einen Tag besorgt mein Mann also Lefax, eines von vielen Mitteln, die helfen sollen. Am nächsten ein Kirschkernkissen. Am darauffolgenden Windsalbe. Und dann Bigaia-Tropfen. Wahrscheinlich gibt es noch etliche andere Mittelchen, die einem das gute Gefühl vermitteln sollen, „vielleicht klappt es ja heute mit dem Schlafen". Immer wieder sagt man diesen Satz wie ein Mantra vor sich hin, cremt, wärmt und verabreicht.

Außerdem lernen wir, um gegen die Bauchschmerzen unserer Tochter anzukämpfen, wie wir einem Verrückten gleich ein Baby schwungvoll auf und ab wippen – und das völlig übermüdet.

Heute plagen meine Tochter nur noch selten Bauchschmerzen, sie will alles essen. Das geht so weit, dass sie derzeit nicht mehr wirklich ihren Brei will, sondern alles andere, dass sich die großen Fleischklopse – wie mein Mann uns immer liebevoll in ihrem Namen nennt – in den Mund schieben. Was und ob letztlich irgendeines dieser Mittelchen im Kampf gegen die unliebsamen Winde geholfen hat? Keine Ahnung. Wahrscheinlich war es schlichtweg die Zeit. Irgendwann wird es besser. Ob durch das eine oder andere Mittel oder weil sich der Darm mit der Zeit entwickelt – ich weiß es nicht.

Aber eines weiß ich. In dem Augenblick, in dem ihr die Mittelchen nutzt, helfen sie zumindest euch. Denn sie spenden Trost. Ein nicht unwichtiger Faktor. Der Gedanke daran, dass nur die Zeit Linderung bringt, ist unerträglich. Wenn du keinen Schlaf bekommst und am Rande des Wahnsinns bist, zieht sich jede Stunde wie ein Kaugummi. Am Ende – und darauf kannst du dich verlassen – siegt aber in den schlimmsten Situationen das, was immer irgendwann siegt: die Erschöpfung.

Zum Glück jagen wir zu zweit durch die Nacht. Ich bin oft so müde, dass ich gegen zwei Uhr die Augen nicht mehr aufhalten kann. Immer wieder drifte ich weg. Mein Mann übernimmt fast täglich die „letzte Schicht", das letzte Aufbäumen, bevor auch meine Tochter für ein paar Stunden weg driftet. Am Morgen stellt meine Mutter mir eine Auswahl Obst aufs Bett. Sie hat es auf sich genommen, uns in diesen ersten Tagen zu unterstützen. Sie wusste ja nicht, dass wir uns eine Woche lang gar nicht aus dem Haus bewegen würden, ich fast immer nur im Schlafzimmer liegen würde. Ich bewege mich tatsächlich so gut wie gar nicht und bin froh, dass sie da ist. Sie ist meine Futtermaschine, ich die meiner Tochter – der Kreislauf des Lebens.

Die ersten Wochen Mutterschaft sind das schwerste, das ich je machen musste. Ich fühle mich verloren und gefangen. Ich weine, stille, esse, schlafe. Es ist, um es mit einem Begriff auszudrücken, der mir auf der Arbeit ständig begegnet, die „Disruption" meiner Lebenswelt. Noch nie habe ich so an mir, so an meinen Entscheidungen gezweifelt. Alles verändert sich und es gibt keine Möglichkeit, sich der Veränderung zu entziehen. Sie hat mich fest im Griff.

GEHOBENER SERVICE – DIE HEBAMME

Erkenntnis: HebAmMEN!
Bekenntnis: Mutter zu sein, das konnte ich mir plötzlich nicht mehr vorstellen.

Eine Hebamme zu haben ist großartig. Jeden Tag plagen mich neue Fragen. Es ist immer irgendetwas los. Was ist das für ein Schorf auf dem Kopf? Wie bekomme ich die Popel am besten aus den winzigen Nasenlöchern? Wann fällt der Bauchnabel ab? Wie bekomme ich den Bauchnabel sauber? Was sind das für Pickel, die auf einmal im Gesicht sprießen? Wann sind meine Brustwarzen endlich verheilt? Wie schaffe ich es, die Stillabstände zu vergrößern? Warum ist das eine Auge plötzlich verklebt und wie bekomme ich das weg? Wie um alles in der Welt soll ich dieses kleine Geschöpf baden, ohne dass es mir ertrinkt? Wann kann ich das erste Mal wieder raus? Oder: Wie schneide ich die Fingernägel?

Auf diese Frage will ich kurz eingehen, denn das Schneiden der Nägel, ist so eine Sache. Am Anfang schneidest du sie gar nicht. Sie sind so weich, dass sie sich meist selbst lösen. Sei froh!

Heute, nach fast zehn Monaten, kann ich meiner Tochter die Nägel nur noch im Schlaf schneiden. Sie wehrt sich so vehement gegen die kleine scharfe Schere, unsere Nachbarn denken sicherlich, dass ich sie damit aufspießen will. Dabei sind die Fingernägel ein heißes immer präsentes Thema, denn damit kratzt sie nicht nur sich alles auf, sondern auch dir.

Und die kleinen süßen Hornschichten an den kleinen süßen Händen sind messerscharf.

Fragen über Fragen. Ich könnte jetzt zu jedem Punkt etwas erzählen. ABER jeder macht andere Erfahrungen, und das hier, das soll ja kein Ratgeber werden. Ich kann dir auch nicht sagen, auf wie vielen Portalen ich die Geschichten unzähliger anderer Mütter gelesen, ihre Lösungen für übliche Probleme studiert und mich damit auseinandergesetzt habe, was denn nun auf meine Tochter zutrifft und wie ich ihr helfen kann. Diese Erfahrung will ich dir natürlich nicht nehmen ...

Nur auf eine weitere Frage, der danach, wann es dir wieder besser geht, darauf will ich kurz eingehen. Denn diese Frage lässt sich nicht so einfach beantworten. Nach einem Jahr scheint die Zeit des Trübsals weit entfernt. Aber ich weiß, dass ich sehr gelitten habe. Mein altes Leben vermisst habe. Denn leider waren die ersten Wochen nicht immer schön. Punkt. Es ist nicht alles rosa und tütü, wie es uns gerne in Filmen gezeigt und von Nachbarn weißgemacht wird. Tatsächlich frage ich mich in den ersten, den sogenannten Arschloch-Wochen (ja, das ist ein offizieller, mein offizieller Begriff), ob ich mich richtig entschieden habe, ein Kind zu bekommen. Obwohl ich schon immer Kinder wollte. Mindestens zwei. So war es zumindest irgendwann einmal. Warum und wann ich diese Entscheidung getroffen habe? Momentan kann ich es beim besten Willen nicht mehr sagen. Das müssen die Hormone sein, die mein Gehirn in Beschlag genommen und mich um meinen Verstand gebracht haben.

Die drastische Veränderung meiner Lebenswelt hat mich in ein Loch des Zweifelns geworfen. Von der höchsten Form der Freiheit – für mich –, der Selbstständigkeit, in der ich entscheide, wann ich arbeite (fast rund um die Uhr, klar) und wie ich arbeite, zum Dasein als biologische Masse, die für ein anderes Wesen da ist, und nur dafür da ist. Dazu die latente Inkontinenz und totale Erschöpfung. Das soll es sein, das schöne neue Leben? Das Leben steht von jetzt auf gleich Kopf für eine initial fremde Person.

Neun Monate im Bauch machen noch keinen Vertrauten. Schau mir in die Augen, Kleines. Bitte! Damit ich erkenne, was all die anderen Mütter sehen. Am Anfang ist die Mutterschaft für mich nicht mehr als eine Aufgabe, die mich an meine Grenzen bringt und die ich nicht hinschmeißen kann. Diesem Arbeitgeber kannst du nicht kündigen. Du hängst an einem Abgrund und kannst dich bald nicht mehr halten. Aber Fallen ist keine Option. Mach dich nicht fertig, wenn dir auch nicht direkt Herzchen aus den Augen schießen, sobald du Mutter oder Vater bist. Sichere dich lieber einfach vor dem Fallen ab. Beispielsweise durch die Hilfe einer guten Hebamme.

Eine Hebamme ist besser als jedes Google der Welt. Sie versteht, wenn es dir schlecht geht und macht dir keine Vorwürfe. Sie weiß, dass nicht jeder Tag leicht ist und hilft dir, den Berg der Mutterschaft zu erklimmen.

Nichts muss dir vor deiner Hebamme peinlich sein. Sie ist für jede Frage offen und weiß fast immer

Rat. Am Anfang waren meine Brüste und die Inkontinenz Thema Nummer eins. Mal hatte sie Kompressen für mich, um den Schmerz zu lindern, mal einen Tipp, wie den, Silberhütchen zu kaufen, um die Brustwarzen zu behandeln. Sie half mir mit dem Stillen klar zu kommen und hat sich meine Verletzungen angeschaut.

Jeden Tag habe ich mich auf den nächsten Besuch der Hebamme gefreut, und jedes Mal hat sie mir in irgendeiner Weise Schmerzlinderung verschafft – ob bei psychischen oder physischen Schmerzen. Die Hebamme hat mir ganz einfach Kraft gegeben.

Kraft, die ich auch heute nach zehn Monaten noch immer brauche. Aufgrund des Gewichts meiner Tochter kann ich meine Finger kaum noch bewegen und meine Ellenbogen schmerzen so schlimm, dass ich regelmäßig zu Schmerzmitteln greife. Aber ich kann den Berg mittlerweile aus eigener Kraft erklimmen. Ich habe gefühlt eine der schwersten Etappen hinter mir gelassen und stehe vor den nächsten Höhenmetern. Die Luft ist zwar dünn, aber sie durchströmt zumindest wieder meine Lungen.

Das waren meine Empfindungen. Was ich dir sagen will, ist: Lass die Situation auf dich zukommen und sei gefasst darauf, dass dir vielleicht nicht Schmetterlinge aus dem Hintern fliegen, sondern unkontrollierte Verdauungswinde. Dass du nicht vor Glück dahinschmelzen könntest, sondern vor Erschöpfung dahinvegetierst.

Ich kann mich heute nicht mehr an diese Empfindungen erinnern. Ich weiß, dass ich sie hatte, dass ich meine Entscheidung, Mutter zu werden, angezweifelt habe, und da ist nichts besser, als Verbündete wie eine Hebamme zu haben.

Heute habe ich keinen Zweifel, dass meine Tochter das Beste in meinem Leben ist. Obwohl ich manchmal immer noch wünschte, ich könnte einfach mal kurz arbeiten oder Sport machen oder einen Kaffee trinken. Mich ganz einfach mal kurz rausschneiden aus allem – das geht jetzt nicht mehr.

Wie mit so vielen anderen Dingen im Leben ist es die Zeit, die dein neues Leben zu etwas Schönem formt und dir beim Verdrängen hilft. Mit der Zeit kommt also die Transformation, aber eine Auszeit gibt es nicht. Ich bin jetzt für immer Mutter. Dabei weiß ich immer noch nicht, was das bedeutet und woher das kleine Geschöpf gekommen ist (natürlich weiß ich es rein technisch). Ich fühle mich nicht wie eine Mutter. Nicht so, wie ich meine Mutter betrachtet habe. So bin ich? Oder war auch sie nie so? Wir Mütter sind für diese kleinen Wesen etwas, das es eigentlich gar nicht gibt. Es gibt keine Mütter, nur Menschen, die ein Kind bekommen. Aber das, was du schaffst, was du jeden Tag bewältigst, ist Mutter. Jede Tat, jeder Kuss. Es ist dein Handeln, nicht dein Selbst. Ich bin gerne diese Handlungsreisende.

ALLES GANZ HORMONISCH

Erkenntnis: Alles eine Frage der Zeit?
Bekenntnis: Zeit, was ist das?

Das Leben nach der Geburt ist geprägt von Phasen. Phase eins ist die Geburt. Diese so intensive erste Phase dauert nur einen Tag und ist der geballte Wandel. Sie hat mich umgehauen. Danach folgt Phase zwei: die bereits beschriebenen „Arschloch-Wochen". Sie sind so schwerwiegend, dass sie Teil von Phase drei sind, den berühmten ersten drei Monaten. Nach diesen ersten Monaten soll ein erstes Mal alles besser werden. Zumindest ist es das, was die Welt einem erzählt. Daran habe ich mich festgehalten. Auch wenn mir die ersten drei Monate nach der Geburt – wie bei einem Kind die letzten Wochen vor Weihnachten – wie eine Ewigkeit vorkamen. Denn meine Tochter litt in den ersten Wochen unter den allseits bekannten Koliken.

Vielleicht war es auch nur der normale Entwicklungsprozess des Darms. Ganz ehrlich, ich weiß nicht wirklich, was meine Tochter die ersten Monate allabendlich zum Schreien verführt hat. Aber es hat mich und meinen Mann fertiggemacht und die Schuld in Verdauungswinden zu suchen, hat uns zumindest die Chance eröffnet, „Lösungen" zu finden. Und wir brauchten unbedingt Lösungen. Nicht nur, weil wir müde waren. Am Anfang der Elternschaft ist da so viel mehr als bloße Müdigkeit und das Schreien des unbeschreiblich unfassbar unwahrscheinlichen neuen Wesens.

Ich fieberte also nicht nur aufgrund der Sehnsucht, die „Koliken" endlich hinter mir zu lassen, dem Ende von Phase drei entgegen. Ein weiterer Grund: Mein neues Leben hat mir im wahrsten Sinne des Wortes gestunken.

Ich weiß nicht mehr, wie oft ich mir in den ersten Wochen nach der Geburt unter der Dusche hintereinander die Achseln eingeschäumt habe, um den Gestank zu beseitigen, der mich als lästiger Begleiter daran erinnerte, dass ich mutiert war. Ja, du hast richtig gehört. Mich hat eine gefühlte Ewigkeit ein richtig fieser Schweißgeruch durch den Tag begleitet. Keine Panik, alles halt ganz hormonisch. Und auch nicht jede frisch gebackene Mutter leidet unter der „Stinkitis" – aber viele.

Ich war in vielerlei Hinsicht ein Opfer meiner Hormone. Das macht es nicht besser, damit klarzukommen, dass dein Leben Kopf steht. Aber Hormone sind das Schlagwort der ersten Monate. Natürlich kennen wir Mütter schon die ein oder andere Situation (einmal im Monat – bei mir auch öfter) aus unseren Leben vor der Geburt, in der uns die Hormone wie ein Zombievirus dazu angeleitet haben, anderen Menschen „das Gesicht bei lebendigem Leibe abzufressen" – und wehe es sprach jemand das Offensichtliche an. Aber das Wochenbett ist noch einmal ein ganz anderes Kaliber.

Für mich war es das Tor in die Dimension der latenten Depression. Ich kann nicht mehr sagen, wie oft ich geweint habe, aber die Gewalt der Veränderung hat mich ganz einfach überwältigt. Die

Aussichtslosigkeit, die ich in nicht wenigen Momenten empfand, und der Zwang zu funktionieren, hatten mich im Würgegriff – neben der latenten Inkontinenz. Ich bekam keine Luft mehr. Nach der Geburt wollte ich mich nur noch zusammenkringeln und dass mich jemand durch die Gegend schleppt, liebt, versorgt und aufpasst, dass ich nicht hopsgehe.

Zu dem Schreien und der hormonischen Mutation kamen bei mir dann noch die schmerzenden Brustwarzen. Das Gefühl war so intensiv, dass ich dachte, sie müssten bald abfallen. Tatsächlich kenne ich nichts Vergleichbares. Geholfen haben mir nur Silberhütchen – und das auch erst nach Wochen. Dafür bin ich wie eine Verrückte mit Blechhütchen auf der Brust durch die Gegend gelaufen. Wenn ich überhaupt mit etwas auf meinem Oberkörper rumgelaufen bin. Die meiste Zeit habe ich halbnackt verbracht. Meine Brüste haben ganz im Sinne von William Wallace der „Freiiiiiiheiiiiiit" gehuldigt. Wahrscheinlich kennen sämtliche Nachbarn meinen halbnackten Körper. Aber das war mir zu dem Zeitpunkt ganz einfach vollkommen egal. Das waren Nichtigkeiten, die mich nicht interessierten: andere Menschen und was sie sehen oder denken könnten.

Werfen wir einen weiteren Blick auf die Hormonie und ihre Brüder und Schwestern. Da wäre nicht zu vergessen, dass es passieren kann, dass dein Po, wenn man so will, in Fetzen hängt. Es geht nichts über den ersten Stuhlgang nach einer Geburt – nichts! Ganz bestimmt aber wird deine Scheide nach einer natürlichen Geburt vielleicht nicht in Fetzen hängen aber zumindest, naja, sagen wir mal, lädiert sein. Noch mehr Schmerzen ...

Die Heilung deines Körpers braucht Zeit. Das ist ganz einfach so. Wäre ich darauf eingestellt gewesen, hätte ich vielleicht besser, positiver oder engagierter damit umgehen können. Es als eine Herausforderung betrachten können, auf die ich mich vorher seelisch eingestellt hätte. Ohne die gedankliche Vorbereitung traf mich der Wandel allerdings mitten in die Fresse.

Dass ich wochenlang rumlaufen würde, als hätte ich mir in die Hose gekackt und fast nur im Bett liegen würde, so ein Gedanke wäre mir nicht gekommen. Wie denn auch. Die Magier leisten gute Arbeit. Ein Grund dafür dürfte sein, dass es sich hierbei nicht gerade um das feine Tischgespräch handelt und es uns nun einmal peinlich ist, dass auch wir Tiere sind. Da haben wir sie wieder: Schande, Schande, Schande.

Alles ein bisschen übertrieben? Vielleicht. Aber wer riecht sich schon gerne selbst, trägt windelgroße Binden und lässt eine fast fremde Person in der Intimregion nachschauen, ob die Kontinenz Geschichte ist oder sich nur in den Urlaub verabschiedet hat? Eben! Und das, während deine Hormone dich verrücktspielen lassen. ALLES IST ANDERS.

Und alles bleibt anders. Anders muss auch nicht heißen, dass es schlecht ist. Aber wenn du einen weißen Raum pink oder knallrot streichst, musst du dich ja auch erst einmal an die Veränderung gewöhnen. Dein neues Leben aber – und das muss dir klar sein – kannst du nicht ganz einfach wieder überstreichen. Meine Eintrittskarte in die Freiheit? Zeit. Und weil die Zeit in diesem Fall dein bester Freund ist, machen wir jetzt ein paar Zeitsprünge.

HALBZEIT
DAS GEBER-LEBEN

Wir leben oder durchleben als Menschen viele unterschiedliche und unbewusste Leben. Das Leben als Kind steht neben dem im Jugend- und dann im Erwachsenenalter. Was in den nächsten Jahrzehnten noch kommt, weiß ich nicht. Aber: Dass es so ist, wird mir erst jetzt bewusst, da ich Mutter bin.

Wenn ich meine Tochter betrachte, ist es für mich undenkbar, dass ich irgendwann einmal so war. Ich kann mich an keine Sekunde des Lebens erinnern, das meine Tochter gerade durchlebt. Man stelle sich mal vor, wie das wäre. Erinnerungen an die Geburt, die Unbeweglichkeit, die Unsicherheit, die Brust der Mutter, aus der man trinkt. Die Gespräche und Tränen, die unglaublichen Mühen laufen oder sprechen zu lernen. Diese Erinnerungen braucht man wirklich nicht. Zu diesem Gedanken gesellt sich die Gewissheit, dass auch sie sich nicht daran erinnern wird, was wir gemeinsam durchlebt haben und wie sie mein Leben verändert hat.

Das Leben meiner Tochter ist derzeit ihr „Geber-Leben". Alles, was sie erlebt und lernt, wird sie zwar prägen, aber es findet in einem Tunnel statt. In diesem Tunnel sind wir Eltern und nehmen. Wir nehmen jede Umarmung, jedes Lachen, jede Anstrengung, jeden Fortschritt – einfach alles. Das muss ich mir auch immer wieder bewusst machen, um bewusst zu erleben.

Jede Entwicklung wird inhaliert und zelebriert – auch weil sie wieder ein wenig Freiheit zurückbringt. Und so schlendern wir beseelt durch ihren Tunnel auf das Ende eines Anfangs zu. Keine Ahnung, wie und wann dieses erste Leben im Leben für meine Tochter endet. Für mich wird es immer ein wichtiger Teil meines neuen Selbst bleiben. Aber irgendwann wird ihr Leben wohl übergehen in ein neues Bewusstsein der Kindheit. Wenn auch nur Schritt für Schritt. Das mache ich mir immer wieder bewusst, um nicht eine Sekunde zu verschwenden, während meine Tochter gibt.

TEIL II
CHAOS: ALLES ANDERE EBEN

NUR NOCH RAUSCHEN

Erkenntnis: Stillen macht dumm.
Bekenntnis: Dumm macht manchmal auch glücklich.

Schwer von Begriff? Das ist eine nette Umschreibung für die Aufnahmefähigkeit deiner Synapsen und den einen oder anderen Augenblick totaler geistiger Leere innerhalb der ersten 365 Tage nach der Geburt. Du kannst es dir jetzt wahrscheinlich noch nicht vorstellen, wie dumm du wirst, wenn du erst einmal monatelang nicht richtig schläfst und ein Kind die Lebensenergie aus deiner Brust saugt.

Natürlich hatte auch ich von dem Phänomen gehört, aber daran geglaubt? Eher nicht. Manchmal schäme ich mich regelrecht für meine Begriffsstutzigkeit während eines Gesprächs mit Menschen aus der „normalen" Welt. Meistens belächeln sie mich, sobald sie mein neues Kryptonit erkannt haben.

Oh ja, mein Gehirn ist ganz einfach Brei. Ich muss mir alles aufschreiben, bin begriffsstutzig, suche nach Wörtern. Immer öfter wiederhole ich Sätze in Gedanken, bevor ich sie ausspreche, oder stocke inmitten eines Satzes, weil ich nicht sicher bin, wie es grammatikalisch korrekt weitergeht. Schlagfertig, was ist das? Und das alles, während ich quasi noch arbeiten muss. Nicht etwa für Geld. Ich arbeite, um mein Freelancer-Netzwerk aufrechtzuerhalten, ohne das ich nach der Elternzeit nicht weitermachen kann. Neben den vielen Vorteilen der Selbstständigkeit einer der wenigen Nachteile.

Arbeiten. Noch kurz vor der Geburt war ich sicher, dass dazu während der Elternzeit doch ausreichend Zeit sein müsste. Tatsächlich aber sprang ich von Füttern beziehungsweise Stillen zu Windelnwechseln zu Füttern zu Schlafen. Die Zeit entwickelt eine ganz eigene „Elterndynamik".

Das erste Interview, das ich nach zwei Monaten Mutterschaft am Telefon geführt habe, endete mit einem hochroten Kopf und der Erkenntnis, dass es beim nächsten Mal anders laufen muss. Ganz stolz wähle ich noch die Nummer des Interviewpartners, um diesen ersten Meilenstein der Mutterschaft hinter mich zu bringen. Meine Tochter schläft. Ich habe sie minutenlang in den Schlaf gewippt, geschaukelt und getragen. Das Einzige, das mich daran erinnert, ist das ständige Rauschen des Babyphones, das im Rauschen meines Kopfs einfach untergeht.

Nach fünf Minuten ersten zaghaften Wortwechsels, dem Kennenlernen, tönt meine Tochter lauthals durch den Raum. Ich schalte schnell das Babyphone aus, lasse den Interviewpartner noch ausreden, bevor ich mich zu erkennen gebe. „Ich bin Mutter in Elternzeit. Sorry, ich muss meine Tochter dazu holen. Ich hoffe, das stört Sie nicht?"

Natürlich würde nie jemand zugeben, dass das vielleicht alles ein wenig abstrus ist, und könnte mich mein Interviewpartner sehen, würde er vermutlich auflegen – um mir einen Gefallen zu tun.

Ich halte meine winzige Tochter im Arm und wippe sie ganze 35 Minuten lang auf und ab, indem ich in die Knie gehe. Dabei versuche ich mich unter höchster Anspannung darauf zu konzentrieren, was der Interviewpartner sagt, um eloquent darauf einzugehen.

Nachdem wir aufgelegt haben, schieße ich ein Beweisfoto. Mein Gesicht ist so gerötet, als hätte ich eine Sporteinheit gemacht. Die Interviews, die folgen, führe ich nur noch, wenn mein Mann zu Hause ist und auf unsere Tochter aufpassen kann. Zu dem Zeitpunkt ist mir nicht klar, dass er bald aufgrund von Corona dazu gezwungen sein wird, daheim zu arbeiten, und ich seine Mittagspausen für meine Zwecke nutzen kann. Anders geht es nicht. Dabei bin ich ein absoluter Verfechter des „Alles geht"-Ansatzes. Fragt sich nur um welchen Preis. Und weil meine Reputation nicht auf der Strecke bleiben soll, muss eine andere Herangehensweise her. Denn auch ohne Kind, das ich wippend in den Schlaf bringen will, bleibt das Rauschen, das Milchkoma, das aus meinem Geist geistige Umnachtung macht.

Zeitsprung. Meine Tochter ist jetzt neun Monate alt und hält mich rund um die Uhr in Beschlag. Dabei muss ich neue Kunden finden, netzwerken und ja, arbeiten. Da mein Mann gerade seinen letzten Elternzeitmonat hat, kann ich endlich mal wieder ein bisschen freier agieren. Außerdem: Ich habe meine Tochter abgestillt. Das weiße Rauschen will zwar nur schleichend verschwinden und ich würde dieses Monster der Umnachtung gerne mit

Fackeln davonjagen, aber die grauen Zellen funktionieren von Tag zu Tag besser. Nicht, dass ich meine Tochter deswegen abgestillt hätte. Sie brauchte einfach mehr. Denn wenn du nach und nach abstillst, produziert dein Körper natürlich auch weniger. Zuletzt hat sie mich also nachts – die letzte Bastion des Stillens – in drei Stunden sechs Mal herangezitiert. Was guter Schlaf ist, weiß ich längst nicht mehr.

Durch das Abstillen kann ich also wieder ein bisschen mehr und besser das tun, was mich vorher unter anderen Dingen definiert hat. Vor allem muss ich nicht nach gefühlt jedem dritten Satz innehalten und mich entschuldigen, weil ich wieder einmal bräsig bin, den Faden verloren habe und in leisem Ton „ja, ich bin auch gerade in Elternzeit und stille rund um die Uhr" als Entschuldigung hervorbringen.

Nicht nur, dass das wahrscheinlich keiner meiner Gesprächspartner wissen will. Es schmälert auch ein wenig, was ich bin – auf jeden Fall keine Milchmaschine. Ich will gar nicht, dass die Menschen als eines der ersten Dinge erfahren, dass ich in Elternzeit bin. Das ist nicht das, was mich in meiner Profession definiert und doch bestimmt es auf einmal alles. Es tut beruflich eigentlich nichts zur Sache und doch entschuldige ich mich damit – Scham. Ein ständiger, mein ständiger stiller Begleiter.

Heute hatte ich einen Videocall zwecks beruflicher Orientierung – alles noch nicht spruchreif. Neben mir ist noch eine weitere in

Elternzeit befindliche Mutter bei dem Call mit dabei. Der Unterschied zwischen uns: Ich muss nach 45 Minuten das Gespräch abbrechen – sie nicht. Zwar hat mein Mann die Rolle des Wachmanns übernommen, aber meine Tochter hört einfach nicht auf zu weinen – wie bitte soll man das aushalten? Wenn sie schon weint und ich nicht reagieren soll, wenn eine gefühlte Ewigkeit vergeht, dann doch bitte nicht in Hörweite.

Berufliche Weiterentwicklung, Selbstständigkeit und Mutterschaft? Das passt nicht zusammen. Zumindest passt es derzeit nicht für mich zusammen, und bisher haben mich viele meiner Arbeitskolleginnen als Macherin bezeichnet. Wie MACHEN die das nur, all diese Supermamis, die rund um die Uhr arbeiten und sich gleichzeitig um ihre kleinen Wunderkinder kümmern?

In diesem Augenblick schaue ich auf die Uhr. Es ist 21:13 Uhr. In meinem früheren Leben habe ich mich „mitten im Arbeitstag" befunden. Es war noch massig Zeit, Dinge zu erledigen. Wenn man denn wollte. Meistens wollte ich, und mein Mann macht auch gerne noch ein oder zwei Erledigungen am Abend, bevor er sich eine Auszeit gönnt – passt also. Heute aber schaue ich auf die Uhr und sehe eine immer kürzer werdende Nacht. Ich MUSS bis spätestens 23:00 Uhr schlafen. Sonst erwartet mich am nächsten Tag ein energetisches Grauen.

Natürlich überrascht mich meine Tochter mittlerweile auch ab und zu mit sensationellen Schlafphasen von ganzen !!!fünf!!! Stunden. Aber vielleicht will sie heute auch alle zwei Stunden oder noch häufiger getragen, gefüttert, gewickelt oder irgendein anderes „ge-" werden.

Neben dem „ge" steht das große „B": Bier oder kein Bier? Das ist endlich wieder die Frage, die ich mir um diese Uhrzeit stellen darf. Natürlich auch früher am Tag, aber ich bin ein Anhänger des gepflegten „Feierabendbiers". Auch das könnte sich fatal auf meine Energie auswirken. Jeder Gedanke, alles, was du tust, denkst du immer im Kontext Kind. Ich liebe das Risiko – Prost!

Mein Wagemut, der mir gerade kalt die Kehle runterläuft, rührt wahrscheinlich daher, dass gestern Nacht eine dieser besagten Nächte war, in denen ich seelenruhig fünf Stunden schlafen durfte, bevor mich meine Tochter heranzitierte. Nachdem ich sie in meinem Bett zum Schlafen gebracht habe, lege ich sie wieder in ihrem Bett ab – ja, sie schläft nicht mehr an unserem Bett, sondern einen Meter entfernt in ihrer eigenen kleinen Traumrakete – und es vergehen noch einmal mindestens zwei grandiose Stunden, bis sie aufwacht. Wahrscheinlich bin ich auch deshalb gerade am Tippen. Jeder Tag ein neues Spiel und neues Glück im Rauschen.

... Die Gedanken machen dann oft, was sie wollen. So wie jetzt:

In letzter Zeit beschäftigt mich im Kontext Profession immer wieder, dass nichts wirklich echt ist und es überkommt mich eine Sehnsucht nach einem einfachen Leben. Dabei weiß ich nicht einmal, was das bedeuten soll und ob es so etwas überhaupt gibt. Einfachheit im Leben. Loslösen von Vorstellungen, wie man selbst sein soll – Geschäftsfrau, Mutter, Liebhaberin, Hausfrau ... Was müssen wir nicht alles sein. Irgendwie haben wir es ja nicht anders gewollt. WIR Frauen. Oder? Oh je, dafür werde ich wahrscheinlich geköpft. Aber: Ob wir jetzt anders erzogen werden und die Schwierigkeiten mit der Mutterschaft ansozialisiert sind? Oder gab es sie schon immer? Wenn ich eine erfolgreiche Geschäftsfrau bin, wie passt ein Jahr Windelnwechseln und völlige Arbeitsabstinenz da rein? Wurden Frauen früher darauf vorbereitet, was mit ihren Leben passiert, sobald sie Mütter sind?

Heute wollen wir die isolierte Rolle „Mutter" nicht mehr. Zu Recht. Das Leben hält so viel bereit. Aber ein Kind zu bekommen ist eines dieser Dinge. Nicht, dass ich zurück zu merkwürdigen Rollenbildern und Co. will. NEIN. NEIN. NEIN. Aber ich wünsche mir eine Vorbereitung darauf, was eine Frau erwartet, wenn sie den PC vom Strom nimmt, ein Kind aus sich herauspresst und ganz plötzlich doch Hausfrau und Mutter ist. Das verhasste Klischee, dem sie ihr ganzes Leben lang entgegengearbeitet hat.

Ich war und bin völlig überfordert mit den Mehrfachrollen. Wahrscheinlich muss ich da einfach nur reinwachsen. Wer weiß.

Das Problem mit der emanzipatorischen Kraft ist, dass wir uns Rechte erkämpfen, alles zu sein. Und wenn wir dann alles sind, Probleme haben, ALLES zu erledigen. Also Freiheit für die Entfaltung, aber bitte inklusive mehr Arbeitsteilung. Allein ist das nicht zu schaffen. Dabei hat mein Mann schon sein Bestes getan.

Die Vorstellung, eine Hausfrau und Mutter zu sein und mich selbst zu vergessen, passt nicht in mein Denkkorsett. Das können nur Nebenjobs sein. Was aber tun mit der neuen Sinnsuche, die immerzu in meinem Hinterkopf anklopft?

Ob das die Mutterschaft auslöst? Zumindest verändert sie mein Sein. Aber ich will immer noch erfolgreich sein und jongliere mit verschiedenen Projekten – unentgeltlich –, während ich gleichzeitig nach einer Festanstellung suche und weiß, dass ich zwei Monate ohne Einkommen überbrücken muss.

Meinem Mann sei Dank ist das nicht weiter schlimm: ein weiterer Nagel im Sarg der Vorstellung über mein emanzipatorisches Selbst. Meine Tochter hat erst ab November einen Kitaplatz – und das auch nur zur Eingewöhnung.

Und dann war da doch noch irgendetwas anderes, das die Öffentlichkeit samt Kitas und Schulen gerade in Beschlag genommen und unser aller Leben einmal komplett umgekrempelt hat. Was war das denn nur? Achso: Corona …

Für das einfache Leben, das ich mir vorstelle, braucht es sowieso Geld. Denn die Einfachheit eines ruhigen und unbeschwerten Lebens hat seinen Preis. Wer an den Rand der Stadt oder vielleicht noch besser irgendwann an der Küste weiter an seinen Rollen in dieser Welt arbeiten will, muss erst einmal investieren. Ergo: Ich muss erfolgreich sein.

Und dann? Keine Ahnung. Schließlich befinde ich mich noch voll und ganz im Rauschen. Und solange das anhält, ist mein Gehirn zwar Brei aber das Glück im Rausch ist jeden Ausfall wert.

HÄTTE, SOLLTE, MÜSSTE

Erkenntnis: Jedes Baby hat sein eigenes Tempo, jede Mutter ihres.
Bekenntnis: Ich muss mehr Einsatz zeigen. Muss ich das?

Eigentlich müsste meine Tochter alleine einschlafen. Sie ist mittlerweile acht Monate alt. PAUSE. Ein Monat ist vergangen, seit ich diese Worte geschrieben habe, und sie dienen als Einleitung in einen der anstrengendsten Bereiche der Mutterschaft: das Hätte, Sollte, Müsste.

Tatsächlich schläft meine Tochter, wie bereits erwähnt, mittlerweile in ihrem eigenen Bett ein – das zwar in unserem Zimmer aber nicht mehr an unserem Bett steht. Und es klappt ganz gut. Aber natürlich reicht das nicht. Ich bin die Mutter mit dem ältesten Kind in unserer Müttergruppe. Das heißt selbstverständlich nicht, dass meine Tochter immer die erste ist, die irgendetwas kann. Im Gegenteil. Das einzige, bei dem sie allen weit voraus ist, ist das Zahnen, und das ist keine Freude. Denn meine Oberarme sind immer noch von blauen Flecken gezeichnet. Es ist, als wäre ich das saftige Steak, auf das sie sich den ganzen Tag gefreut hat. Sie beißt und das nur allzu gern. Warum? Keine Ahnung. Aber zurück zum Thema.

Ob greifen, drehen, schlafen, essen, trinken, was auch immer es ist – die Fähigkeiten des Nachwuchses dienen dem Wetteifern der Eltern.

Das passiert nicht einmal mit Absicht oder besser böser Absicht. Der eine freut sich über eine gerade gemachte Entwicklung und der andere stellt mit Erstaunen fest, dass „mein Kind das ja noch gar nicht kann". Es folgt, was folgen muss, die Frage danach, ob bei deinem Kind vielleicht irgendetwas nicht stimmt. Oder ob du Rabenmutter schon wieder zu fördern und zu fordern vergessen hast.

Jetzt habe ich nun einmal das „Pech", in einer Gruppe Mütter gelandet zu sein, in der einige Kinder ALLES schneller können und machen als meine Tochter. Dabei ist sie mit neun Monaten weit und entwickelt sich prächtig. Trotzdem spüre ich unweigerlich so einen Druck, dass ich mich nicht genug um die Entwicklung des eigenen Sprosses kümmere. In diesem Augenblick könnte ich ja auch ein Buch über Erziehung oder PEKiP (Du weißt nicht, was das ist? Mach dir nichts draus!) lesen und mir die neuesten und effektivsten Tricks aneignen, um die nächste Stufe der Entwicklung schnellstmöglich zu erklimmen, und doch liege ich mit einem Bier und meinem Laptop auf dem Sofa und schreibe.

Hätte, sollte, müsste. Versteht mich nicht falsch. Der Druck kommt nicht etwa von den anderen Müttern. Den mache ich mir von ganz allein. Mein Mann lacht mich schon immer aus. Jedes Mal, wenn ich irgendetwas in dem Mütter-Chat lese, fange ich wieder an, auch bei uns die nächste Stufe erklimmen zu wollen. „Wir brauchen übrigens unbedingt jetzt sofort einen Trinklernbecher und so Geschirr mit Saugnäpfen." Mein Mann fragt gar nicht mehr, woher die plötzliche Eingebung kommt. Und sieht man mal von dem faden Beigeschmack des Wetteiferns ab, muss ich gestehen, ich wäre wohl ohne die Gruppe eine schlechtere Mutter im Kontext Vorbildlichkeit. Ich bin eine gute Spielkameradin für meine Tochter. Zumindest hoffe ich das.

Aber das mit den Dingen, die man machen sollte und müsste, das habe ich einfach nicht so drauf. Meine Tochter trinkt Wasser noch aus der Flasche. Tatsächlich muss sie bald in der Kita ihre Fähigkeiten unter Beweis stellen – auch am Becher. Aber das sind ja auch noch zwei Monate! Und da passiert einiges in der Zeitrechnung der Babyentwicklung. Also erst einmal einen Gang runter.

Fotos und kurze Videos führen mir immer wieder vor Augen, was meine Tochter noch nicht kann. Sofort folgt die Recherche. Wie kann ich fördern? Was habe ich bisher nicht falsch, sondern gar nicht gemacht? Es ist ein einziger Wettlauf gegen das Rabenmutterdasein. Dieses Thema wird dich das ganze Jahr über begleiten und dein neues Selbst herausfordern. Es sind Regeln, die keine sind. Aber willst du die Mutter mit dem Kind sein, das noch gar nichts kann?

Hätte, sollte, müsste – ich eigentlich wissen, dass die Entwicklung meines Kindes kein Wettstreit ist. Wenn eine nicht darunter leiden soll, dass ich vielleicht unfähig bin, dann ist das meine Tochter. Natürlich bekommt sie davon gar nichts mit. Vielleicht wundert sie sich das ein oder andere Mal, warum sie plötzlich doch dies und nicht jenes machen soll, ich ihr auf einmal einen Löffel in die Hand drücke und sie nicht mehr füttern will oder sie ihre Trinkflasche selbst nehmen soll, nachdem ich sie ihr monatelang gegeben habe.

Das hätte, sollte, müsste hört auch nicht nach einigen Wochen auf. Es wird immer wieder Situationen geben, in denen du etwas hättest anders – für manche vielleicht besser – machen können. Letztens erst habe ich meiner Tochter, die schon acht Zähne hat!, erst in dem Augenblick einen Zahnarzttermin gemacht, als eine der Mütter im Chat über ihren Besuch beim Arzt geschrieben hat. Habe ich schlichtweg vergessen, hätte ich aber schon längst machen müssen.

An einem anderen Tag hat mir eine Mutter auf dem Spielplatz erzählt, dass die Kinder bei der U6 wissen müssen, wo Nase, Mund, Ohren und Augen sind. Natürlich weiß meine Tochter das noch nicht.

Als ich nach dem Treffen wieder zuhause bin, zeige ich ihr deshalb in regelmäßigen Abständen „Das ist die Nase" und frage „Wo ist die Nase?". Sie zeigt jetzt tatsächlich auf meine Nase. Was das ist und dass auch sie mitten in ihrem Gesicht eine hat, weiß sie wohl eher nicht. Ganz ehrlich, das ist mir auch egal.

Für meine Begriffe hat sie sich optimal entwickelt. In welcher Woche sie lernt, auf etwas zu zeigen, zu krabbeln, zu laufen oder ein Wort zu sagen, ist hinterher auch nicht von Bedeutung.

Die Frage danach, ob ein frühes Aufkeimen körperlicher oder geistiger Fähigkeiten ein Indikator für Intelligenz ist, kann ich nicht beantworten. Ich

liebe meine Tochter, das weiß ich – egal wie begabt
oder eben auch nicht sie ist. Sie ist, wer sie ist.

KITAAAHHHHHHH

Erkenntnis: Durch Kreativität zum Kitaplatz.
Bekenntnis: Ich hasse diesen Scheiß.

Ja, ja, ich weiß, DAS Thema. Nicht nur, dass man eine Hebamme haben soll, bevor man überhaupt schwanger ist, am besten sichert man sich gleich noch die begnadetste Kinderärztin im Kiez und bestellt direkt noch einen Kitaplatz. Ähm ja ...Wie weit auch immer ihr seid, dieser letzte der drei organisatorischen Ringe, durch die ihr springen müsst, ist der wohl nervigste. Am besten umschreibt es ein Erlebnis, dass ich letztens beim Spazierengehen hatte. Eine simple Begegnung bringt den Irrsinn der Kita-Situation auf den Punkt. Es ist nur ein kurzer unbedeutsamer Moment, zwei Frauen, ein Baby und eine Aussage. „Schau mal, da ist die Konkurrenz", lächelt eine der Frauen die andere an und blickt dabei auf meine Tochter. Und ich? Ich denke, ich hör nicht richtig.

Ein großer Fan des Systems, in dem wir aufwachsen mit all seinen Fallstricken, kleineren und größeren Hürden, Ansprüchen und Schubladen bin ich sowieso nicht. Aber mit sieben Monaten Lebensalter schon im Haikäfig Konkurrenz? Für mich ein kranker Scherz. Wahrscheinlich aber ein ernstgemeinter. So hängt der Satz wie der Duft einer stinkenden Windel in der Luft und verschwindet einfach nicht aus meinem Kopf. Denn ja, es geht um die beschissene Konkurrenz. Und viel habe ich zu dem Zeitpunkt noch nicht getan, um meiner Tochter einen der heiß umkämpften Plätze zu sichern. Später werde ich in einer Kita, in der ich meine Tochter vorstelle, danach gefragt, ob sie noch eine andere Nationalität habe. Ich verneine mit dem Hinweis „wäre bestimmt hilfreich, richtig?" und „ich bin auch in Irland aufgewachsen, aber leider deutsch". Die Erzieherin lächelt mich an und nickt. „Na, dann machen wir eben den deutschen Teil aus", lache ich und überlege, ob ich das Bein mit dem Feuermal meiner Tochter auspacken soll. Natürlich habe ich das nicht gemacht. Und natürlich war das nicht die einzige Kita, in der mir mitgeteilt wurde, dass es von Vorteil wäre, wenn meine Tochter noch dieses oder jenes „Special" (sorry für diese Umschreibung, und am liebsten hätte ich sie in eine Integrationskita gegeben) mitbringen würde.

Ich wünschte, Marijke Amado würde sie einfach durch die Zauberkugel der Mini Playback Show schicken und schwupps wäre sie genau das, was die eine oder andere Kita sucht. Würde sie wie damals in der Sendung „ganz groß rauskommen, – auch wenn einer nur gewinnen kann ..."?

Die ersten Kita-Bewerbungen habe ich aufgrund der zahlreichen Stimmen, die von den schwierigen Bedingungen in der Kitalandschaft erzählten und der Blicke, die mahnend auf meinen Bauch gerichtet wurden, schon während der Schwangerschaft abgeschickt. In den Monaten, in denen man sich noch Sorgen darum macht, dass alles gut geht, ob das Kind vielleicht ein Ohr zu viel, einen elften Zeh oder sonst etwas hat. Aber ja, ich bewerbe mich gerne schon bei Kitas mit dem Namen Jane Doe oder

Maxi Mustermann. „Wahrscheinlich wird es eine Ariana", schreibe ich in die Bewerbungen. Das Resultat meines eher zögerlichen Vorgehens: zehn Bewerbungen und eine Antwort, dass ich mich doch bitte melden soll, sobald das Kind auf der Welt ist. Sag ich doch! Also abwarten und Tee trinken?

Wenn da nicht das Problem mit der Zeit wäre. Ja, wo ist sie denn nur hin?

Wir alle kennen das Phänomen, die Zeit, dieses unbekannte Wesen, das uns – nicht wirklich existent – umgibt und unser Leben bestimmt. Das Nicht-Existente, das das Existente drückt und drückt und drückt und doch nichts herausgequetscht bekommt. Was bleibt, ist lediglich der Druck. Und deshalb habe ich mich einfach mal – und das tue ich wirklich nicht gerne – auf andere verlassen. In diesem Fall den Kita-Navigator der Stadt Berlin. Dessen „Versprechen" ist eine einfache Kitaplatzsuche über eine digitale Plattform, die Kitas und deren Verfügbarkeiten anzeigt. Der Clou: Auch die Bewerbung läuft ganz einfach, zeitsparend und effizient über das Portal. Im Nu habe ich zehn Kitas, deren Angebot sowie Verfügbarkeiten ausfindig gemacht und meine Bewerbungen verschickt. Das einzige, was ich noch machen muss, ist warten. Und das habe ich getan. Ganze sechs Monate. Viel zu lang? Naja, man muss ja auch geduldig sein, oder?

So schön sich der Traum einer alles organisierenden Plattform anhört, so unfunktional ist sie leider noch. Und ich bin wirklich ein großer Fan der Idee, ein wenig Struktur ins Kita-Chaos zu bringen. Aber nicht nur, dass die Anzahl der

Bewerbungen im Navigator auf zehn begrenzt ist, nach geraumer Zeit sind die E-Mails mit den Bestätigungen, dass ich mich beworben habe, verschwunden. Als ich bei einigen Kitas anrufe, um mich zu erkundigen, ob unsere Bewerbung noch vorliegt und wir eventuell auf einer Warteliste stehen, erhalte ich fast einstimmig dieselbe Antwort: „Kita-Navigator? Wat soll dat sein? Hab ick noch nie jehört." Nachdem ich den ersten Schock überwunden habe, dass mein schöner Plan, das „Kita-Monster" zu besiegen und den Pfad der Einfachheit zu gehen, fehlgeschlagen ist, fasse ich schnell einen Entschluss und gehe einer neuen Idee nach.

Selbstständig zu sein, bedeutet auch ständig kreativ zu sein, zumindest in meiner Branche. Warum also nicht kreativ auf die Kitas zugehen, denke ich mir. Gesagt, getan. Das Gesicht meiner Tochter ziert also mit vier verschiedenen emotionalen Ausdrücken eine Postkarte, die ich noch mit einem Berliner-Schnauze-Text versehe. Dann ab nach draußen und von Kita zu Kita, um die Karte, die natürlich bereits frankiert ist, abzugeben. Alles, was die Kitas noch machen müssen, ist auf der Vorderseite anzukreuzen, dass wir uns vorstellen dürfen und ab in die Post.

Die Mühe lohnt. Nach der ersten Absage, die ins Haus geflattert kommt, bekomme ich zwei Angebote, mir die jeweilige Einrichtung anzuschauen. Beim ersten Termin stellt sich schnell heraus, dass es nicht darum geht, dass ich mich durch einen schwierigen und schleimigen

Bewerbungsprozess quälen muss. Mir wird der Betrieb gezeigt. Wir haben den Platz. Reines Glück. Pech für die anderen, die auf der Warteliste stehen.

Zu der Freude über den Platz gesellt sich demnach fast zeitgleich ein schlechtes Gewissen. Was ist mit all den anderen Eltern, die nicht die Zeit haben oder aus anderen Gründen nicht zu den Mitteln der Kunst greifen können? In der Müttergruppe haben noch nicht alle einen Kitaplatz. Sie sind wütend, wollen im schlimmsten Fall klagen. Ich habe einen Weg gefunden, der für uns funktioniert hat. Eine einmalige Lösung, wenn man so will. Denn das Problem von Angebot und Nachfrage ist lange nicht gelöst. Hinzu kommt noch ein ganz anderer Gedanke, der mich schon bei der Vorbereitung der Bewerbungskarten nicht loslässt.

Ich stehe morgens aus dem Bett auf, das ich nur durch den Besuch unzähliger Möbelhäuser gefunden habe. Ziehe meinen Schlafanzug aus, den ich unter vielen ausgewählt habe. Gehe unter die Dusche und nutze Seifen und Lotionen, die den Geruch haben, den ich liebe. Setze mich an den Frühstückstisch, um Essen zu genießen, von dem ich weiß, dass es mir schmeckt. Das könnte ich noch ewig so weiterspinnen, für jeden Bereich des Lebens. Ob Möbel, Kleidung, Wohnung, Arbeitsplatz, Essen. Egal, worum es geht, wir suchen uns ganz genau aus, was wir haben wollen, wie wir wohnen, was wir essen, für wen wir arbeiten. Aber unser Kind geben wir in die erste Kita, die Platz hat? Die Recherche kannst du dir sparen. Welche Ausrichtung die Kita hat? Egal! Ruf? Egal! Ansatz? Egal! Hauptsache

Platz. Ein Vorgehen, das Übelkeit in mir auslöst. Ja, die Erzieherinnen, die ich kennenlernen darf, sind nett. Aber sind sie das wirklich? Egal? Keine Ahnung. Ich bin froh. Oder nicht?

URLAUB

Erkenntnis: Urlaub ist kein Urlaub.
Bekenntnis: Ich brauche Urlaub.

Urlaub, dieses herrliche Etwas, das einem Erholung bringen soll, auf das wir das ganze Jahr über hin fiebern und für das wir unser letztes Hemd ausziehen. Seit Corona hat sich der Maßstab zwar verändert, aber bei uns war auch vorher nicht viel mit den Sonnentagen. Nicht, dass wir nicht auch gerne einfach mal ganz weit weggefahren wären. Aber unser letztes Hemd war uns dann doch meist zu schade. Mal vier oder sieben Tage Ostsee. Mehr war einfach nie wirklich drin. Aber das reichte auch. Die frische Luft, Cocktails, die Musik des Meeres, der Duft des Meeres, der Anblick des Meeres. Meer, Meer, Meer. Ab und zu brauchten wir (vor allem ich) einfach diesen Tapetenwechsel.

Nach zwei Monaten zu dritt stand auch schon ein solcher erster Urlaub in unserem Lieblingsort Warnemünde an. Die Wohnung hatten wir noch vor der Schwangerschaft gebucht, nichtsahnend, dass die sieben Tage – für uns eine Ewigkeit des Friedens – nicht mehr ganz so friedvoll sein würden, wie wir es uns ausgemalt hatten. Wir fuhren mit dem Zug – im Kleinkindabteil. Damit wir uns richtig verstehen, es handelte sich dabei um ein ganz einfaches Sechserabteil. Ein Kinderwagen passt nicht rein und barrierefrei ist so ein ICE sowieso nicht. Dazu kommen etliche Taschen und die Aufregung, das erste Mal mit Kind zu verreisen. Die An- und Abreise war dementsprechend beschwerlich. Mittlerweile haben wir ein Auto.

GEDANKEN_WEHE

In den Monaten nach diesem ersten Urlaub bin ich noch sehr oft mit meiner Tochter im Zug verreist. In fast jedem der Züge erwartete mich ein anderes Szenario. Mal passten zwei Kinderwägen in das Abteil, mal keiner. Mal gab es eine Wickelstation, mal nur eine dreckige Bank. Wie auch beim Kitanavigator gilt: Die Idee ist gut, die Umsetzung lässt zu wünschen übrig.

***

Der Aufenthalt im Seebad ist nach diesen ersten zwei Monaten der Entbehrungen angenehmer als erwartet. Meine Tochter kann schließlich nichts außer mir weiter die Lebensenergie über meine Brust abzusaugen. Sie schläft und macht alles mit, was wir machen wollen, inklusive Silvesterparty und Drinks bei meiner Schwester, die sich mit ihrer Familie auch am Meer eingefunden hat. Das Problem: Das Beschwerliche der neuen Aufgaben der Mutterschaft bleibt beschwerlich. Du nimmst dir keine Auszeit, fährst weg, schaltest dein Handy aus, denkst dir, ihr könnt mich alle mal und bist dann à la Hape Kerkeling „einfach mal weg". Alles, was du zu Hause mit Baby machen musst, musst du selbstverständlich auch im Urlaub machen.

Fährst du das erste Mal mit Kind in den Urlaub, ist dir dieser Umstand nicht wirklich bewusst. Du erwartest dasselbe Gefühl wie sonst auch, dieselbe gewollte Einsamkeit, den Abstand. Den bekommst du aber nicht. Stattdessen gehst du früh ins Bett, stillst, wippst und hoffst, dass du ein bisschen Schlaf bekommst. Auf Wiedersehen einfache Besuche im Restaurant, Cocktails am Hafen und lange Abende am Strand – und hallo Stress!

Als wir dann im Sommer noch einmal nach Warnemünde fahren – dieses Mal mit dem Wagen, der erste Pluspunkt – hat sich die Situation, wenn man so will, verschärft. Meine Tochter krabbelt überall hin, macht alles unsicher, was geht, und so eine Ferienwohnung ist eben genau das – unsicher. Hinzu kommt der Umstand, dass sie mir nicht mal die kleinste Auszeit gönnt – nicht mal auf der Toilette. Sie sitzt jaulend vor der Tür und gibt erst dann wieder Ruhe, wenn ich bei ihr bin. Wahrscheinlich eine dieser viel besprochenen Entwicklungsphasen, ja, ja, ich weiß. Fremdeln oder so soll sich das schimpfen. Sie braucht die Mama. Aber bitte, kann man denn nicht mal in Ruhe k.....!!!

Es ist warm, also gönnen wir uns den einen oder anderen Strandausflug. Zum Glück ist auch dieses Mal meine Schwester dabei. Denn so ein Baby am Strand, das ist Gefahr, Gefahr, Gefahr. Sie braucht ständige Aufsicht. Trotz wacher Augen hat sie an einem Tag eine Alge in ihren Ausscheidungen. Äh ja, keine Ahnung wie sie das geschafft hat – oder eigentlich doch, angesichts ihrer unbeirrten Versuche Sand zu essen. Gott sei Dank gibt es die

Familie. Ohne meine Schwester wäre ich wohl nie zu dem Vergnügen einer Pause im kühlen Nass gekommen, und das auch noch gemeinsam mit meinem Mann.

GEDANKEN_WEHE

Schwimmwindeln sind Schwimmwindeln! Das heißt? Wechsele sie, sobald dein Kind aus dem Wasser kommt. Ich habe meiner Tochter nichts ahnend die Windel angelassen und hatte danach einen eingepinkelten Kinderwagen. War ich froh, dass ich den Bezug dann im Urlaub mit der Hand im Waschbecken waschen durfte.

***

Die Tage am Meer, die in der Vergangenheit in Entspannung und Rausch an Rausch zelebriert wurden, sind in diesem ersten Jahr der Mutterschaft eine Anstrengung. Tatsächlich bin ich – egal wo ich hinfahre – irgendwie glücklich wieder zu Hause zu sein. Aber die Normalität des alten ist eben nicht die des neuen. Normal, was ist das denn jetzt? Normal ist mit dem Auto zu fahren, obwohl ich früher ein Verfechter des „in Städten braucht man kein Auto" war. Normal ist jeden Abend um dieselbe frühe Uhrzeit ins Bett zu gehen, obwohl ich früher gerne bis in die Nacht geschrieben habe. Normal ist im Urlaub nicht mehr wirklich loszulassen, obwohl ich früher gerne den ganzen Tag im Delirium am Meer verbracht habe. Nächstes Jahr wird es anders, ich werde einen Surfkurs machen, mich von den Wellen auf die See ziehen lassen und mit Cocktails die Nacht begrüßen! Bestimmt?

KÖRPERCHAOS

Erkenntnis: Dein Körper erholt sich bis zu einem gewissen Grad wieder.
Bekenntnis: Vor der Veränderung hatte ich Angst.

Während der Schwangerschaft habe ich angsterfüllt Bilder von Bäuchen mit blau-gräulichen Streifen betrachtet, voller Panik, dass auch mein Bauch nach der Geburt so aussehen könnte. Ja, mein Körper ist mir wichtig – wie wahrscheinlich fast jedem. Ich treibe Sport, nicht zu intensiv, aber doch so viel, dass es mir ein Hoch verschafft. Ich gestehe also, sie ist da, die Angst vor den körperlichen Veränderungen, die mit der Erfüllung des Wunsches nach einem Kind einhergehen. In diesen Momenten der Schwangerschaft habe ich natürlich noch keine Ahnung, dass so etwas wie Inkontinenz mich treffen könnte. Also ist der hängende, mit Streifen verzierte Bauch mein Albtraum. Darüber noch ein hängendes Paar Brüste, und der neue Mami-Körper ist perfekt. Mittlerweile bin ich erwacht, streifenlos – zum Glück. Aber nein, der Körper ist ganz einfach nicht mehr, was er war. Das Gewebe ist weich. Eine Form des Weichseins, die ich persönlich ganz einfach nicht mag. Und an Sport ist bisher nicht sehr viel zu denken. Wenn ich mal Zeit habe, dann arbeite ich.

Seit meiner ersten Nachricht an meine Hebamme, nur einen Tag nach der Geburt, dass wir direkt mit der Rückbildung anfangen müssen, sind Monate vergangen. Selbstverständlich konnte ich nicht direkt nach der Geburt mit dem Sport loslegen.

Dabei ging es mir nicht um das Hoch. Ich befand mich ja im permanenten Milchrausch, in meinem eigenen kleinen Koma. Nein, ich wollte so schnell wie möglich meine Körperöffnungen wieder unter Kontrolle bringen. Auch heute noch entweicht mir manchmal einfach so ein Pups. Wenn ich zu viel trinke, muss ich ständig auf die Toilette. Jetzt weiß ich, was eine Geburt tatsächlich körperlich bedeuten kann – ganz unabhängig von oberflächlichen Schönheitsidealen. Und am Ende bin ich glimpflich davongekommen.

Wenn auch nicht gleich nach der Geburt. Ich habe mir nur zwei Monate gegeben, um mit der Rückbildung anzufangen – zweimal die Woche. Schließlich sollte es schnell gehen. Immer dieser Druck. Der bringt einem gar nichts. Letztendlich musste ich mit meinem Programm, das gerade so schön lief, wegen Corona aufhören. Vorbei sind die Treffen mit anderen Müttern, bei denen der Bauchspeck verglichen und die Fortschritte zelebriert wurden. Der Traum vom schnellen Wandel meiner körperlichen Konstitution war ausgeträumt.

Jetzt esse ich ganz schnell mal eine Tüte Chips und gönne mir eine Tafel Schokolade. Nicht gerade vorbildlich. Schnelle Energie eben und ein bisschen Oooohhhhhhhh und Mmmmmmhhhh mitten im Puhhhhhh und Aaaaaaaahhhhh. Ein bisschen leben und gehen lassen im kontrollierten Alltag. Das ist derzeit nötig. Seit meine Tochter krabbeln kann und sich überall hochzieht – sie ihren Sport macht – ist nichts mehr vor ihr sicher. Natürlich gab es etliche

Stimmen, die mich vor dieser „Phase" – da haben wir sie wieder – gewarnt haben. Aber früher habe ich Warnungen bezüglich der Mobilität belächelt. Wie schlimm sollte es schon kommen? Jetzt liege ich fix und fertig da, meine Energielieferanten um mich herum drapiert, und frage mich, wie ich je wieder fit werden soll. Ich kann einfach nicht mehr. Diesen Satz habe ich seit der Geburt schon zu oft gesagt.

Vielleicht liegt die Erschöpfung neben dem permanenten Hinterhetzen hinter meiner Tochter auch daran, dass ich früher gut und gerne mal zehn Stunden geschlafen habe. Ein bisschen Workaholic, gepaart mit faulem Sack. Das geht schon irgendwie beides zusammen. Heute geht keines von beidem mehr. Ich kann weder arbeiten noch faulenzen. Einfach mal daliegen, essen, ein bisschen Binge-Watching und gar kein schlechtes Gewissen – schon schleicht es sich wieder an, das Gefühl eine Rabenmutter zu sein. Ich komme einfach nicht hinterher, nicht bei mir und nicht bei ihr.

Das wird auch nicht dadurch besser, dass meine Tochter sich jeden Tag in irgendeiner Form den Kopf stößt. Auch sie leidet, wenn man so will, unter Körperchaos. Sie rudert so wild mit dem Körper umher, dass sie manchmal schlichtweg umfällt. Langsam bekomme ich es mit der Angst zu tun, dass das nachhaltige Schäden verursachen könnte. Aber was will man mit einem kleinen Wildfang machen? Einsperren? Kommt für mich nicht in Frage. Ich will meine Tochter nicht in irgendein von Gittern umgebenes neues Zuhause namens Laufstall sperren, in dem sie von einem Leben in Freiheit träumen kann. Das heißt nicht, dass ich sie nicht ab und zu für fünf Minuten in ihr Gitterbett lege, sie dort spielen lasse, während ich durchatme oder ganz kurz etwas lese und esse.

Lange Rede ...: Mein Körper dankt es mir nicht, dass ich keinen Sport treibe, nur die besten Dinge esse und nicht schlafe. Zum Glück muss ich zumindest nicht mehr stillen – auch wenn es sehr schön war – es laugt, wenn sie saugt. Schlechter Reim? Zu mehr ist so ein ausgezehrter Körper und Geist nicht mehr in der Lage.

ABER. Ja, es gibt ein Aber. Seit Kurzem muss ich nicht mehr nur hinter ihr her hechten, sie spielt bewusst mit mir. Zum Beispiel Verstecken. Eines der schönsten Spiele, die ich je gespielt habe, und es ist anstrengend. Spiel ist Sport. Die Anstrengungen, die mich auslaugen, trainieren mich gleichzeitig. Hinzu kommt: Es ist einfach fantastisch, sie durch ihre Entwicklungen zu begleiten und zu sehen, was sie schon alles kann. Du freust dich über jede neue Bewegung und auch über jeden neuen Laut.

Gestern Abend zum Beispiel hat sie ab 23:00 Uhr nicht mehr geschlafen. Zwei Stunden wollte sie nicht einschlafen, war hellwach und erzählte meinem Mann und mir fantastische Geschichten. Dieses Erzählen war so schön, dass es das war, worüber sich mein Mann und ich am nächsten Tag unterhalten haben. Nicht über die wachen Stunden, schmerzenden Arme und müden Augen. Ich muss das hier anführen. Denn ich will ehrlich sein. Das Chaos ist ehrlich, aber die schönen Momente sind es auch. Sie sind echt. Es gibt nichts Ehrlicheres als ein

Baby. Kein Vorgeben, etwas zu sein, sondern einfach nur Sein – das ist schön.

Vom Körperchaos komme ich über die Einfachheit des Seins zu neuen Formen der Existenz. Denn meine Tochter betrachtet uns als einen symbiotischen Organismus, der ohne die Anwesenheit des anderen eingeht. In gewisser Weise tut man das vielleicht. Ein bisschen des Selbst beim anderen lassen und eingehen. Mein Mann ist deshalb frustriert. Er ist noch keine solche Beziehung mit ihr eingegangen. Wenn ich mal ein bisschen länger weg bin, ist es oft sehr anstrengend für ihn, im Anschluss für mich.

Gerade sitze ich beispielsweise völlig durchschwitzt auf dem Sofa – es sind 37 °C und ich bin das erste Mal seit rund elf Monaten wieder Fahrrad gefahren. Vorher war ich bei uns im Kiez. Allein. Naja, nicht ganz allein. Ich habe mich mit einer sehr guten Freundin auf ein Eis und einen Cider getroffen. Auf der Fahrt in den Kiez hat Musik meine Bewegung durch die frische Luft und über die heißen Straßen hinweg noch befeuert. Endlich mal wieder Fahrtwind auf dem Gesicht. Natürlich ging es die ganze Zeit bergab. Ein Stück meines alten Ichs war zum Greifen nah.

Vielleicht hat meine Tochter meine Euphorie gespürt. Vielleicht hat sie gespürt, dass ich mich von meiner neuen Realität entferne, die sich um ihre herum aufgebaut hat und untrennbar daran geknüpft ist. Vielleicht hat sie in Gedanken NEEIIIINNNN geschrien – bloß keine Freiheit, kein altes neues Leben! Irgendetwas muss mit ihr passiert sein in den paar Minuten, in denen ich verschwunden war. Denn schon kurz nachdem meine Freundin und ich das Eis genüsslich gegessen und ein paar Schlucke Cider getrunken haben, ruft mein Mann an – bei meiner Freundin.

Ab dem Zeitpunkt, an dem ich die Wohnung verlassen habe, hat meine Tochter einen Wutausbruch bekommen und zu schreien begonnen.

Mit einem Schlag war sie zurück, meine neue Realität. Ich bin nicht mehr ich. Ich bin nicht mehr allein. Ich bin sie und ich. Noch schnell fünfzig Mal entschuldigt, dass ich meine Freundin stehen lassen muss. Es fühlt sich ein bisschen wie der abgemachte Anruf bei einem schlechten Date an. Nur dass dieses „Date" unheimlich gut war und ich es unbedingt brauchte. Es hilft alles nichts: ab auf den Drahtesel und nach Hause. Die schnelle Rückfahrt mit dem Fahrrad lief dann nicht mehr ganz so gut. Kein Fahrtwind, keine Musik, dafür Autogehupe, Abgase und die Gedanken an meine arme weinende Tochter. Außerdem: Fahrradfahren ist einfach scheißanstrengend! Wieso nur war das mal ein Ausdruck von Freiheit für mich? Nicht nur mein Verstand ist eben verkümmert, sondern auch die Beinmuskeln und Kondition sind es.

Als ich daheim ankomme, ist meine Tochter gerade vor Erschöpfung eingeschlafen. Das könnte ich auch. Mit hochrotem Kopf und schweißgebadet schaue ich meinen Mann entgeistert an. Auch für ihn ist das alles neu. Wir streiten nicht. Wir müssen mit der neuen Situation umgehen. Ich merke, dass es ihm zusetzt, dass sie nicht einfach zwei Stunden ruhig mit ihm gespielt hat.

Doch abgesehen von meinem schlechten Gewissen gegenüber meiner Freundin bleibt kein schlechtes Gefühl haften. Als meine Tochter aufwacht, nehme ich sie auf den Arm und knutsche sie ab. Denn weil ich nicht mehr ich bin, sondern sie und ich, bin ich auch irgendwie nur mit ihr zusammen ganz. Auch das wird mir immer mehr bewusst. Was ich nach der Geburt noch für ein Ammenmärchen hielt, zeigt langsam sein Gesicht – unbändige Liebe.

Dieses Chaos meiner Normalität, dass ich nicht mal für ein paar Stunden Reißaus nehmen kann, und die Symbiose sind Grund genug, um nervös zu sein. Denn bald bin ich das erste Mal über Nacht weg. Seit einem Monat trainieren wir dafür. Es ist der Junggesellinnenabschied meiner Schwester, und ich bin Trauzeugin – nicht zu kommen ist keine Option. Im Gegenteil, seit zwei Wochen nutze ich jede freie Minute, um noch Kleinigkeiten zu planen, mich mit irgendwem wegen irgendeiner (im Angesicht anderer Themen) Belanglosigkeit zu befassen und den Tag X herbeizusehnen.

Jetzt ist es viertel nach elf am Tag vor meiner Abreise und ich habe Angst. Angst davor, meine Tochter nicht in den Arm nehmen zu können, wenn sie weint und mich vermisst. Angst davor, dass sie vor der Toilettentüre sitzt, in der Hoffnung, dass ich jeden Augenblick auftauche. Angst davor, dass mein Mann kapituliert. Angst davor, dass ich – obwohl ich das erste Mal durchschlafen darf – nicht schlafen werde, weil ich an nichts anderes denken kann als an sie. Natürlich werdet ihr gleich davon lesen, wie es war. Für euch ist es Vergangenheit, für mich aber Zukunft. Das mit der Zeit ist so eine Sache.

Zeitsprung: Die Relativität der Zeit hat mich mit voller Wucht erwischt. Es sind bereits anderthalb Monate seit dem Junggesellinnenabschied vergangen. Mittlerweile ist meine Schwester verheiratet, und Zeit hatte ich eben nicht, vorher über das schier unglaubliche Erlebnis meiner ersten Abwesenheit zu schreiben. Und passiert ist: NICHTS! Es ist kaum zu glauben. Nachdem ich, wenn ich anwesend bin, nicht von ihrer Seite weichen darf, hat sie mich offenbar, sobald ich die Wohnung verlassen habe, irgendwann vergessen. Aus den Augen, aus dem Sinn? Nein, nein, ganz so ist es natürlich nicht. Mein Mann ist schließlich seit Monaten im Homeoffice und hatte auch drei Monate Elternzeit, in denen wir gemeinsam über unser kleines Mini-Me gewacht haben. Er ist also die Nummer zwei. Das sage ich nicht in böser Absicht. Er sieht es genauso. Es gilt: Alles machbar! Nichts planbar ... Natürlich hat sie ein bisschen mehr gejault als sonst, als es Zeit war zu Bett zu gehen, und als ich mich zögerlich im Treppenhaus auf den Weg zu meiner Schwester gemacht habe, habe ich sie weinen gehört. Aber da müssen wir eben beide durch. Es geht, wenn man nur will.

In meiner Heimat im Harz angekommen, hat mein Mann dann schon das Wunder vollbracht, dass sie schläft und er im Wohnzimmer in Ruhe arbeiten kann. Es ist ein gutes Gefühl, das es mir leichter macht, am Abend schon ein Bier zu trinken und am nächsten Morgen nach nur drei Stunden Schlaf in aller Früh mit einem Sekt auf die baldige Hochzeit anzustoßen. Dass meine Tochter und ich zusammengehören, heißt nicht, dass wir nicht ohneeinander können – eine Erkenntnis, die mir und meinem geschundenen Körper viel gibt.

Das, was ich während des Abschieds mit meiner Schwester und einer Schar Freunde dann in mich hineingeschüttet habe, hat meinem Körper eher nicht so viel gegeben – außer zwei Kilo. Aber – ja, auch hier gibt es wieder ein Aber. Ich habe so viel gelacht und mich so frei gefühlt wie lange schon nicht mehr. Sich für ein paar Momente kurz mal rauszuschneiden geht also vielleicht doch. Alles, was es dazu braucht, ist ein bisschen Mut und Vertrauen, dass es funktioniert. Letztendlich war das familiäre Intermezzo auch für meinen Körper, das Chaos und die Symbiose gut, egal wie viel schlechte Dinge ich in ihn reingeschüttet und hineingeschlungen habe. Schließlich waren es ein paar Augenblicke vollkommener Unbeschwertheit, und was das wert ist, weiß nur, wer im ersten Jahr der Elternschaft auch mal ins kalte Wasser springt. Also Luft anhalten und los – aber vergiss nicht deinen Rettungsring.

SHIT HAPPENS

Erkenntnis: Alles eine Frage der Perspektive.
Bekenntnis: Ich brauche Gleichgesinnte.

Mittlerweile geht es mit den Hormonen. Ich habe ja auch abgestillt. Das ist ein großes Plus im Kontext der Muttermanie. Und so liegen meine Nerven nicht ganz so blank wie noch vor ein paar Monaten. Eine Zeit, in der ich nicht selten aus purer Verzweiflung in den unpassendsten Momenten anfing zu lachen, wie der Joker. Nur leide ich nicht unter einer Krankheit, die mich dazu zwingt. Ich war in diesen Momenten schlichtweg am Ende.

Ich meine Momente, in denen meine Tochter nicht aufhörte zu schreien, mir vielleicht gleichzeitig meine Brille von der Nase riss, um mir dann genüsslich in den Arm zu beißen, bevor sie sich bis an den Hals vollkackte. Beim Wickeln langt sie dann am besten noch einmal richtig schön zu, bevor ich die Windel wegziehen kann, und schmiert sich den „ganzen Scheiß" auf die Kleidung. Shit happens. Ganz am Anfang hat sie es sogar geschafft, mich einmal liegend auf der Wickelkommode mit einem gekonnten Spritzpups von oben bis unten anzukacken. Ich war sowas von überrascht, dass ich nicht anders konnte als voller Wonne zu lachen. Denn ausnahmsweise war das wirklich witzig. Scheiß drauf würde ich sagen. Das wusste meine Tochter ja bereits kurz nach der Geburt.

Wenn nicht gerade wahrhaftig lustige Shit happens, geht es mir in den ersten Monaten aufgrund schwerer Übermüdung, die wie eine Betondecke über allem liegt, was ich tue, einfach nur beschissen. Da reicht es oft, dass meine Tochter eine Schüssel Brei quer durchs Zimmer schmeißt, damit ich weine. So etwas bringt mich heute nicht mehr aus der Ruhe. Es ist manchmal fast so, als wäre jedwede Emotion aus mir gewichen – und das soll bei mir was heißen.

Tatsächlich hat meine Tochter mir vor Kurzem die Brille von der Nase gehauen und ihr dabei den Bügel abgerissen (zum Glück ein Klicksystem). Ich habe sie ohne mit der Wimper zu zucken und richtig hinzuschauen meinem Mann gereicht, damit er sie wieder zusammensetzt. Eine Bekannte, die das Schauspiel beobachtete, setzte zu einem „NEEIIIIIIINNNN" an und hörte ganz schnell wieder auf, als sie unsere Gesichter sah. Warum regt ihr euch nicht auf? stand ihr auf die Stirn geschrieben.

Tja, warum regen wir uns nicht mehr über alles auf? Ich weiß es manchmal selbst nicht, woher die Gleichgültigkeit kommt. Völlige Hingabe und Hinnahme sind passiert. Auch das Spiel mit dem Essen geht mir nicht mehr an die Substanz. Ich lasse sie gewähren, esse die Hälfte des Essens selbst vom Boden und mache nach der Session eben sauber. Das funktioniert natürlich nicht immer. Klar gibt es auch noch Tage, an denen ich am liebsten einfach nur weinen würde und schreien (und ein Bier trinken). Aber es werden weniger.

Und ganz ehrlich, auch vor der Geburt habe ich mal einen S.-Tag gehabt (nur ohne echte Scheiße), an dem ich einfach müde war und mich jede Kleinigkeit auf die Palme brachte. Heute kann ich mich eben nur nicht mehr verkriechen. Dieses Rausziehen aus allem, das fehlt.

Aber: Es wird besser. Das ist mir erst heute zehn Tage vor dem ersten Geburtstag meiner Tochter, beim Einkaufen bewusst geworden. Ich habe eine noch junge Mutter bei ihrem Tanz mit dem Wahnsinn beobachten können. Sie will gerade in ein Geschäft, das ich verlasse. Das kleine Bündel vor den Bauch geschnallt, den Kinderwagen hinter sich her in den Laden ziehend. Ich schiebe derweil gerade meine Tochter in Richtung Straße, als es kracht. Noch während ich mich umdrehe, weiß ich, was mich erwartet. Was ich sehe, ist eine Szene, wie sie sich bei mir selbst vor Monaten hätte zutragen können.

Die Mutter steht verzweifelt und den Tränen nahe über einem kleinen Scherbenhaufen. Im Buggy ist eine Tüte mit Lebensmitteln, die beim Manöver mit dem Kinderwagen einen Abgang gemacht hat. Ein Glas hat den Stunt nicht überlebt. An einem guten Tag kann man über so eine Situation auch lachen – als junge Mutter eher nicht. „Ich fang gleich an zu heulen", sagt sie, während ich gemeinsam mit ihr die heilgebliebenen Utensilien aufhebe. „Keine Angst", antworte ich, „es wird besser". Und ja, das wird es! Das bedeutet nicht, dass ich nicht vielleicht auch noch so auf ein zerbrochenes Glas reagieren würde. Aber ich kann deutlich öfter wieder über diese Situationen schmunzeln.

Die Hormonie weicht also irgendwann ganz bestimmt der Harmonie. Vorher hilft es, einfach mal zu schreien. Nicht jemanden anzuschreien, sondern einfach mal in die Luft zu schreien. Das habe ich schon vor der Mutterschaft gemacht, wenn es mal wieder ein besonders schöner Tag war. Es hilft.

Ja, die Scheiß-Zeiten werden auch für dich wahrscheinlich kommen. Shit happens eben, und deshalb will ich dir doch an dieser Stelle noch einmal einen Ratschlag an die Hand geben. Damit aus der Hormonie nicht Horrormonie wird.

Was dir neben einem gepflegten Schrei sonst noch hilft, sind Eingeweihte – Leidensschwestern. Alle, die dem Club der Mutterschaft angehören, wissen um die Gesetze der Hormonie und von Situationen, die perspektivlos erscheinen. Nicht jede Mutter ist gleich, aber es gibt sie, die Mütter, die an manchen Tagen genauso wie du auch die Schnauze einfach gestrichen voll haben. Vor ihnen musst du kein schlechtes Gewissen haben, wenn dich das Geschrei, die schmerzenden Arme, die Hektik, die Übermüdung oder dein Leben im Allgemeinen ganz einfach mal ankotzen. Vielleicht wurden sie nämlich im wahrsten Sinne des Wortes gerade angekotzt und sind voll bei dir. Wo du sie findest? Im Geburtsvorbereitungskurs oder bei der Rückbildung zum Beispiel.

ALSO: Nutze diese Möglichkeiten und schau in den Kursen ganz genau nach links und rechts. Das schreibe ich nicht, um wie in Filmen anzukündigen, dass die Personen weg sein werden. Ich schreibe es, weil diese Mütter – solltet ihr euch sympathisch sein

– das ganze Jahr über für dich da sein könnten und du für sie. Neben den Müttern, die man kennenlernt, sind Kurse zur Rückbildung aber auch noch zu etwas anderem gut: um Dampf abzulassen. Und sich wieder ein wenig Normalität einzuverleiben – vorausgesetzt, du magst Sport.

Meine wohl wichtigste Leidensgenossin ist aber neben den „fremden" Müttern meine Schwester. Sie ist Trostspenderin und weises Orakel. Auf ihrer Liste der Hormonie stehen schon zwei Geschöpfe, die ihr Leben umgekrempelt haben. Sie ist mein emotionaler Mülleimer und erträgt all die Dinge, die einen rund um die Uhr am Anfang der Elternschaft beschäftigen. Hier ein kleiner Auszug meiner Leiden aus unserem Chat:

„Nee, ich bin fertig, die Kleine schläft nicht durch 😂, gerade ist sie auch am Weinen, hat nen Pups quer sitzen oder so 😩"

„Ich bin den ganzen Tag nur am stillen 😩 und dann weint sie, weil sie Bauchweh hat…"

„Ich liebe sie und bin am Rande des Wahnsinns" (die Antwort meiner Schwester: „Das bleibt erstmal so. Wenn man es akzeptiert, dann wird es auch einfacher. Stell dich einfach auf die Situation ein")

„Ich hätte nicht gedacht, dass mich das so fertig macht"

Immer wieder schreibe ich meiner Schwester, dass ich die Hebamme dieses oder jenes fragen muss. Beim Durchforsten der ersten Bilder der „Arschlochwochen" sehe ich aber wenig Frust, dafür viel Liebe für meine Tochter. Das ist wohl der Grund, warum man durchhält und einem Shit happens irgendwann gar nicht mehr so stinkt.

BANANENPAUSE

Erkenntnis: Hauptberuf Mutter – zumindest im ersten Jahr.
Bekenntnis: Ich vermisse meine „richtige" Arbeit.

Die Zeitrechnung als Mutter ist einfach nur verquer. Heute zum Beispiel hatte ich um 10:00 Uhr einen Termin. Es ging um ein neues Projekt. Schließlich muss ich wieder Geld verdienen. Was sagt man also zum potenziellen Geschäftspartner: Der Zeitpunkt ist wunderbar! Wie immer gilt: alles machbar, nichts planbar. Ganz Sklave dieses Gesetzes lasse ich den Tag und Termin auf mich zukommen, in der Hoffnung, ihn doch planen zu können.

Um 7:15 Uhr sind meine Tochter und ich nach einer sehr unruhigen Nacht aufgewacht. Also gute zweieinhalb Stunden, um sie wieder zum Schlafen zu bringen. Keine schlechten Voraussetzungen. Je öfter und länger sie in der Nacht wach ist, desto eher wird sie um 10:00 Uhr wieder schlafen.

Da mein Mann regulär arbeiten muss, hat er sich in der Nacht ins Wohnzimmer verzogen. Wir sind allein, als wir aufwachen. Meistens liegt meine Tochter dann neben mir im Bett. Auf der einen Seite ich als lebendige Barriere, auf der anderen ein Rausfallschutz. Die ganze Nacht über begleitet mich Raunen und Jaulen. Nur meine Hände in ihren bringen ein wenig Ruhe. Warum also nicht so verfahren und sie jede Nacht einfach in mein Bett holen? Einige Stimmen würden jetzt lauthals rufen:

Sie muss jetzt doch wirklich endlich allein schlafen! Ganz ehrlich? Ist mir scheißegal.

Das Thema Schlaf hat eine ganze Welt der Illusionen hervorgebracht. Eltern wünschen sich natürlich, dass das kleine Wesen schläft. Und immer wieder hört man deshalb auch von den Babys, die durchschlafen. Das ist ein sehr dehnbarer Begriff. Was für den einen vier Stunden sind, sind für den anderen acht. Für meine Begriffe bedeutet Durchschlafen abends einzuschlafen und morgens erst wieder aufzuwachen. Dazwischen liegen dann bei einem Baby rund zehn Stunden. In den ersten Monaten (oder sind es nicht eher Jahre?) wird das wohl nicht passieren. Meine Tochter holt mich mindestens einmal die Nacht raus, um noch eine Flasche zu trinken, die sie laut Expertinnen auch nicht mehr bekommen sollte (hätte, müsste, sollte). Dazwischen liegen in manchen Nächten mehrfache Odysseen des Händchenhaltens und Beruhigens.

Tatsächlich halten die meisten Babys, die ich während meiner noch jungen Mutterschaft kennenlernen darf, ihre Eltern wach – Stunde um Stunde um Stunde, Nacht für Nacht für Nacht. Das geht so weit, dass ich ein Paar kenne, das seit Jahren nicht mehr das „Ehebett" teilt. Sie haben zwei Kinder. Je ein Kind für einen Erwachsenen. Das Ganze aus rein praktischen Gründen, denn am Ende landen sie so oder so wieder in getrennten Betten bei den Kindern. Warum also nicht gleich eine erholsame Nacht, indem man sich aufteilt? Für Menschen ohne Kinder mag das unvorstellbar klingen, aber auch ich bemerke, dass meine Tochter die Ausnahme gerne zur Regel machen würde. Sie fühlt sich offensichtlich wohl in unserem „Ehebett". Und für mich ist es so viel leichter, einfach meinen Arm nach ihr auszustrecken und nicht aufzustehen, sie aus dem Bett zu hieven und zu tragen. Denn meistens lässt sie sich in ihrem Bettchen nicht so einfach durch ein Händchenhalten abspeisen.

Also: Bevor man sein letztes Quäntchen Energie in der Nacht in das Hin- und Herlaufen mit einem Zwölf-Kilo-Paket Liebe steckt, beißt man doch lieber in den sauren Apfel der Fehlbarkeit. Wer macht überhaupt all die Regeln? Die Energie investiere ich dann in das Überleben tagsüber. Ich brauche einfach jede noch so kleine Einheit, um hinter ihr herzulaufen, mit ihr zu spielen, sie zu trösten, wenn sie sich mal wieder den Kopf gestoßen hat, mich selbst aufrechten Ganges durch mein Leben zu bewegen und die Nerven zu bewahren, wenn sie innerhalb von Sekunden ein Schlachtfeld aus dem macht, was ich Zuhause nenne und in meiner „Freizeit" – wie mein Mann immer voller Ironie sagt – irgendwie auf Vordermann zu bringen versuche. Nicht zuletzt kommt hinzu: Wenn du wieder arbeitest und mit Menschen zu tun hast, die so weit weg von Kind und Co. sind, dass sie „es" einfach nicht verstehen, musst du funktionieren. Es? Das Koma. Den Zustand, den du dein Leben nennst.

Doch zurück zu meinem Versuch, ein Projekt an Land zu ziehen: Tatsächlich ist es mir gelungen, Struktur ins Familienchaos zu bringen. Ich habe geplant und ich war erfolgreich. Meine Tochter ist rund fünf Minuten, bevor das Telefonat angesetzt war, eingeschlafen. Strike. Ich sitze also geduscht und gestriegelt – schließlich geht es um ein Videotelefonat – vor dem PC. Auch das ist eine Leistung. Das Säubern des eigenen Körpers muss schnell und in Ablenkung des kleinen Wesens erfolgen.

Auf meinem PC leuchten mir die Zahlen entgegen: punkt 10:00 Uhr. Und es passiert ... nichts! Kein Problem. Die Büros der großen Konzerne sind geschäftig. Die Menschen, die dort in Lohn und Brot stehen, haben einen Termin nach dem anderen, da ist eine Verspätung normal. Nach fünf Minuten ohne Lebenszeichen schreibe ich eine E-Mail. „Ich bin online, sollen wir doch telefonieren?" Vielleicht hatte ich etwas falsch verstanden. Da erreicht mich auch prompt die Antwort. Der Termin wurde verschoben. Leider ist etwas dazwischengekommen. Passiert. ABER, weiß dieser Mensch denn nicht, was für eine Herausforderung es ist, um diese Zeit geduscht und geschminkt, mit schlafendem Kind vor dem PC zu sitzen?

Wir vereinbaren einen neuen Termin und ich sitze schmunzelnd bei meinem Mann im Wohnzimmer, der in seinem Homeoffice-Tunnel ist. Alles machbar, nichts planbar. Nur fünfzehn Minuten später höre ich schon meine Tochter. Das hätte sowieso nicht gereicht. Als ich dann Tage später der potenziellen Geschäftspartnerin doch digital gegenübersitze, ist meine Tochter bei dem Gespräch fast die ganze Zeit dabei. Ging auch. Man muss sich darauf einlassen und büßt sicherlich ein

Stück Freiheit ein – vor allem beruflich. Jeder Schritt, jede Bewegung, jeder Wunsch steht in Abhängigkeit zu den Bedürfnissen des kleinen Wesens, das du geschaffen hast. In diesem Fall hat mein Gegenüber Verständnis. Das wird nicht immer so sein.

Hinzu kommt die Erkenntnis, dass jetzt, da die magischen 365 Tage bald um sind, noch weniger Verständnis auf mich warten wird. Ich weiß, dass der Spruch, dass das erste Jahr das schwerste sei, eine Lüge ist, die sich verzweifelte Mütter auf der ganzen Welt erzählen. Sie hangeln sich von Phase zu Phase und suchen Erklärungen für Dinge, die sich oft nicht erklären lassen. Wenn du Glück hast, dann ist dir das irgendwann egal. Dann schaffst du dir deine kleinen Refugien. Das Geheimnis ist Akzeptanz. UND: Warte bloß nicht immer auf die Nickerchen, um dir eine kleine Auszeit zu gönnen. Klar, das sind ganz offensichtliche Momente, in denen du Luft holen kannst. Aber nutze auch die kleinen versteckten Pausen – so wie ich beispielsweise die Bananenpausen.

Die Bananenpause ist etwas Wunderbares, das sich über die ersten Versuche meiner Tochter, feste Nahrung zu essen, ergeben hat. Es ist eine kurze Zeit, in der sie ganz selbstständig isst und ist und ich einfach nur ich und nicht der verlängerte Arm bin. Sie liebt ihre Banane und ich liebe, dass sie sie liebt. Zu der Freude darüber, dass sie etwas isst, das nicht zerhäckselt wurde oder flüssig ist, gesellt sich die, dass ich mich für einen kurzen Augenblick der ständigen Obacht entziehen kann.

Ich weiß, wenn ich ihr eine Banane gebe, is(s)t sie glücklich und ich kann kurz Kaffee trinken, anfangen einen Artikel zu lesen oder einfach nur innehalten. Natürlich sitze ich noch neben ihr und bewundere sie voller Erstaunen. Gemeinsam genießen sie – dieses kleine, makellose, wunderbare Wesen, das ich so sehr liebe und das so viel von mir abverlangt – und ich diese verdammt schönen Bananenpausen.

RABENMUTTER

Erkenntnis: Irgendwann ist immer das erste Mal.
Bekenntnis: Ich bin schlechter organisiert, als ich dachte.

Diese Woche war wieder so eine Woche. Ich befinde mich in einer Zeit der Extreme. Extrem müde (klar kommt das zuerst), extrem glücklich, extrem angespannt, extrem ausgewogen, extrem unausgewogen, elektrisiert, ausgelaugt, euphorisch, gelähmt und manchmal paranoid. Einfach ALLES. Am Mittwoch (wir haben Oktober) war ich im Tierpark verabredet, 10:00 Uhr. Kein Problem. Normalerweise weckt mich ein sanfter und feuchter Schmatzer meiner Tochter oder ihr Gejaule gegen 7:00 Uhr. Damit kann man arbeiten. Einen Wecker stelle ich mir nicht.

Die Nacht verläuft ruhig, und als wir um 5:30 Uhr beide wach im Bett liegen, entscheide ich mich dazu, meiner Tochter eine Milch zu geben. Die Frühstücksmilch. Sie lässt sich fallen und saugt voller Inbrunst an der Flasche. Wir genießen diese Momente der Ruhe. Kein Radio, keine Unterhaltung, kein Handy. Nur sie und ich und eine Flasche flüssiges Glück. Sie liegt dabei auf meinem Bauch, atmet ganz ruhig und spielt mit meiner Hand. Wir schlafen wieder ein und wachen geschlagene dreieinhalb Stunden später um 9:00 Uhr wieder auf.

Natürlich bin ich euphorisch – so ausgeschlafen war ich zuletzt ... ich weiß nicht, wann ich mich zuletzt so erholt gefühlt habe. Schnell eine Nachricht an die Verabredung, es wird vermutlich etwas später. Schon beschleicht mich so ein Gefühl. Es ist einfach zu schön. Aber wer wird schon paranoid sein.

Ich dusche also in einem Affenzahn, schmeiß meiner Tochter im Stuhl vor der Dusche, eine Handvoll Knuspris – wie ich die kleinen Maissnacks gerne nenne, die einem eine kurze Verschnaufpause à la Bananenpause ermöglichen – auf das Tablett, und auf geht's. Danach noch eine Banane und ein bisschen Brot. Ja, ich weiß, ich bin nicht die perfekte Mutter. Aber perfekt war ich noch nie und Mutter auch nicht. Um kurz nach zehn sitzen wir im Auto. Ich schicke noch schnell meinen Standort und bin überzeugt, in fünfzehn Minuten hätten wir es geschafft. Sogar einen Kaffee trinke ich noch, und ich packe so konzentriert ich nur kann die Wickeltasche.

Den Stau auf einer viel befahrenen Straße noch schlau umfahren und das Hoch könnte nicht besser sein. Dann geht es los mit dem Spuk. Meine Tochter, die so gut wie nie im Auto weint, fängt an zu schluchzen. So herzzerreißend, dass es kaum auszuhalten ist. Die Umleitung, die ich genutzt habe, führt mich an eine Kreuzung, an der ich nicht dahin abbiegen darf, wo ich hin muss. Als wir endlich ankommen, habe ich das Milchpulver vergessen. Ich reiche meiner Tochter, die immer noch weint und mich vorwurfsvoll anschaut, einen Quetschie – wie konnte ich nur das Pulver vergessen, dieses weiße schöne Pulver. Das Kinderkoks.

Sie leert den Quetschie mit einer gekonnten Handbewegung über ihrem Fußsack aus und weint und schreit und schaut mich an. Ich schreie: „Ich hasse mein Leben, so ein Scheiß, verdammt". Ich weiß, ich weiß – so bin ich eben. Nur, damit wir uns verstehen, ich schreie nicht meine Tochter an, ich schreie am Auto und in die Luft.

Die Menschen, die mitten in der Woche das Vergnügen haben, auch in den Tierpark fahren zu dürfen, schauen mich an und schmunzeln. Und ich schreie: „Ja, genau, was guckt ihr so, ist halt nicht immer alles so toll". Sie schauen schnell weg und gehen mit ihren bereits älteren Kindern Richtung Park. Wahrscheinlich haben sie längst verdrängt, wie das erste Jahr ist. Oder die Erschöpfung hat aus ihnen erbarmungslose Zombies gemacht. Vielleicht mutieren wir auch mit der Zeit und werden zu Kindsgeschöpfen, die nichts mehr mit unserem eigentlichen Ich zu tun haben.

Ich rufe meine Verabredung an, sie hat Milchpulver, das sie mir gerne geben will. Auf dem Weg zum Eingang beruhigt sich auch meine Tochter. Warum das alles? Keine Ahnung. Irgendwie muss mein Nervenkostüm trotz Schlaf schon am seidenen Faden gehangen haben. Nur eine Stunde später sitzen wir beide vergnügt am Spielplatz. Noch ahne ich nicht, dass es mit dem Rabenmutterdasein für den Tag noch nicht erledigt ist.

In einem Restaurant des Parks eingetroffen, um ein paar heiße, fettige Pommes zu essen, will ich beim Ausziehen meiner Tochter die Windel prüfen. Aber so weit kommt es erst gar nicht, denn ihre

Hose, die sich unter einem Matschanzug verbirgt, ist durchnässt. Und als wäre es nicht schon schlimm genug, dass ich so lange mit der Prüfung der Windel gewartet habe und sie nun komplett eingenässt ist, habe ich zu allem Überdruss keine Wechselklamotten mit.

Gäbe es eine Auszeichnung für die schlechteste Mutter der Welt, in diesem Augenblick würde ich sie mir selbst verleihen. Nicht etwa, dass ich die Anziehsachen vergessen hätte. Ich habe mich dagegen entschieden, welche mitzunehmen. Einmachen? Nicht doch, das ist noch nie passiert! Irgendwann ist immer das erste Mal. Deshalb sei vorbereitet auf jede Eventualität! Natürlich hat meine mütterliche Begleitung ausreichend Wechselsachen mit und leiht mir einen Body und eine Hose.

Beim Essen dann mache ich meiner Tochter kein Lätzchen um. Das geht schon. Ähm. Naja. Die Hose hat jetzt Flecken, die nicht mehr rausgehen. Noch weiß die andere Mutter nichts davon.

GEDANKEN_WEHE

Wiesooooo machen die Breie so schlimme Flecken? Ich kann mich nicht erinnern, auch nur ein Kleidungsstück jemals wegen eines Flecks entsorgt zu haben. Die Nahrung für Babys ist aber so zusammengesetzt, dass sie sich fast schon in die Kleidung reinfrisst. Die Kleidung, bei der die Sonne den Flecken dann nicht wie einem Vampir endgültig den Garaus machen kann, landet dann eben in der

Tonne. Als wären Kleidung und Co. nicht schon teuer genug ...

***

Zurück zur eigentlichen Tragödie: Das Ende vom Lied ist Scham. Da ist sie wieder: Schande, Schande, Schande. Scham, dass ich das Milchpulver vergessen habe, dass ich mich nicht unter Kontrolle habe, dass ich die Wechselsachen vergessen habe und letztendlich, dass ich nach einem Jahr der Extreme immer noch kein Extremsportler bin. Vielleicht ist es ja doch die falsche Sportart? Nur Aufgeben kommt nicht in Frage.

EIN KIND, SIE ZU SCHEIDEN

Erkenntnis: Das erste Jahr fordert euch heraus.
Bekenntnis: Ich habe nicht nur einmal die Scheidung einreichen wollen.

Keine Ahnung, was du für eine Beziehung führst, offen, monogam, hetero, homo oder quasibeng (ja, das ist eine Wortschöpfung). Worauf ich hinaus will, mit wem auch immer du dein Kind erziehst, von welcher Liebe auch immer dieses Kind der Gipfel ist, sie wird durch die Elternschaft auf die Probe gestellt.

In meinem Fall sprechen wir von einer ganz langweiligen und stinknormalen Ehe. Nach sieben Jahren Beziehung haben wir uns getraut, samt Kind im Bauch. Wir hatten immer eine dieser Beziehungen, die andere ekelhaft finden. Die ersten Jahre konnten wir nicht die Finger voneinander lassen – im wahrsten Sinne. Wir mussten uns einfach anfassen, wenigstens die Hände mussten sich berühren. Das war schön und es ist noch schön. Aber die Beziehung aufrechtzuerhalten ist nicht immer so einfach wie am Anfang, als man nicht mehr als eine Schüssel Popcorn und einen Serienmarathon brauchte, um die Liebe zu beschwingen. Und Berührungen gibt es im Alltag mit Kind und Arbeit ganz einfach nicht mehr so viele. Aber immerhin haben wir es über sechs Jahre in einer Einzimmerwohnung miteinander ausgehalten – was sollte uns die Geburt eines Kindes also schon tun?

Mit den Jahren schwinden die Geheimnisse, die man anfangs noch zwanghaft aufrechtzuerhalten versucht. Okay. Allen „Geheimnissen" voran das, dass man auch ein menschliches Wesen ist. Natürlich ist einem im Laufe der Zeit mal ein Pups oder ein verbaler Tiefschlag rausgerutscht. Nicht schön, aber passiert. Schließlich haben wir die Zeit der Illusionen (oh ja, auch in Beziehungen gibt es die magischen Momente) hinter uns gelassen.

Bei so einer Geburt allerdings werden dann noch einmal Grenzen überschritten. In dieser Situation teilt ihr einfach alles. Oder zumindest die Frau teilt alles mit den anderen Anwesenden. Das Einzige, was hilft, ist diesen Akt als das abzuheften, was er ist: eine Ausnahmesituation. Zum Glück ist mein Mann, soweit ich das beurteilen kann, keine der Personen, die nach der Geburt ein Körpertrauma haben und ihre Frauen nicht mehr auch als Frauen betrachten können. Aber die Geburt und Aufgabe der letzten Geheimnisse um die Menschlichkeit ist ja nur der Anfang.

Fast jede Situation, die darauf folgt, hat explosives Potenzial. Denn an der Basis der Beziehung stehen plötzlich anstelle von rauschenden Abenden mit Burgern und Bier und allem, was danach passieren könnte, durchwachte Nächte, Diskussionen darüber, ob unsere Tochter wieder gefüttert werden muss, warum man nicht einfach mal die Windel wechselt oder sie nicht auf eine bestimmte Art halten kann. Alles, was als potenziell „falsches" Verhalten angesehen werden könnte, nervt.

Einmal hat mein Mann mir vorgeworfen, ich würde mit purer Absicht länger im Bad bleiben, um mir eine Auszeit zu verschaffen. Explosion. An anderen Tagen hatte ich das Gefühl, er würde absichtlich langsam reagieren, damit ich Dinge erledige. Explosion. Der Haushalt bleibt sowieso auf der Strecke. Explosion. Die körperliche Liebe leidet. Das ist zwar individuell so verschieden wie die Schwangerschaft, die Geburt oder das Kind, aber bei uns aufgrund der vielen Verletzungen auch ein Thema gewesen. Explosion.

Letztens haben wir uns darüber unterhalten, was eigentlich mit der Liebe passiert. Sie wird plötzlich gebündelt und auf ein Wesen projiziert. Mein Mann hat die These in den Raum gestellt, dass wir alle nur eine bestimmte Menge Liebe geben können, und dass sie sich mit der Geburt umverteilt. Die Aufmerksamkeit nimmt ab und der freundliche Umgang mit dem Partner auch. Darüber muss ich noch nachdenken. Aber im Kern steht auch, dass die andere Liebe zwar noch da ist, aber eben nicht aktiv. Und da man seinem Kind nur Liebe entgegenbringt, landen alle negativen Emotionen, die aufgrund irgendwelcher Widrigkeiten ausgelöst werden, beim Partner. Wie ein Virus, der sich das nächstbeste Lebewesen sucht, um sich daran festzusaugen. Ich stelle es mir wie bei Harry Potter und den Teilen von Voldemorts Seele vor.

Hinzu kommt bei mir die ständige Unzufriedenheit über die berufliche Situation, den Körper und das neue Selbst. Explosion, Explosion, Explosion. Wer da nicht auch mal nach einem deftigen Streit mit Türenschmeißen und Schreierei nach zehn Minuten der Meditation mit einem Schmunzeln beim Partner angekrochen kommen kann, um über sich selbst zu lachen, der schafft es vielleicht nicht.

Natürlich ist nicht jede oder jeder so ein „Vulkan" wie ich, wie mein Mann gerne mein Gemüt beschreibt. Vielleicht segeln einige Beziehungen wie durch Zauberhand auch ruhig durch das tosende Meer der Elternschaft. Ob sich das widerspricht? Keine Ahnung. Nichts ist mehr logisch. Ich hätte auch nie angenommen, dass ich es schaffe, so ein Jahr der Extreme mit so wenig Schlaf zu überleben oder ein Kind aus mir herauszupressen. Und doch ist es irgendwie passiert.

Aber die Menschen, die über die Liebe zu einem gemeinsam geschaffenen Wesen versuchen, ihre Beziehung zu retten, haben wahrscheinlich wirklich ein Problem. Sie schaffen einen Menschen, der all die Positivität erhält, die man in sich trägt, und gleichzeitig Druck in einem hervorruft. Das hält für mein Empfinden nur eine sehr stressresistente Beziehung aus und nicht etwa eine, dessen Überleben sowieso schon am seidenen Faden hängt. Aber auch hier gilt: Du bist nicht ich, ich bin nicht du.

Ob wir es schaffen? Keine Ahnung. Die meisten Paare trennen sich wohl im ersten Jahr der Elternschaft. Das hat mir zumindest mein Mann erzählt. Wieder haben wir sie, die magischen ersten 365 Tage. Da ich nicht daran glaube, dass der Stress nach einem Jahr einfach aufhört, bin ich mir nicht sicher, ob das stimmen kann. Es kommen immer wieder Herausforderungen der Elternschaft auf einen zu. Die Zeit bleibt geteilt, nicht fair gewichtet, und die Anstrengungen körperlicher Art nehmen auch nicht ab. Mein Mann und ich versuchen deshalb, uns bewusst Zonen zurückzuerobern oder aber gemeinsam als Familie Dinge zu erleben, und nicht ich mit meiner Tochter oder mein Mann mit ihr. Das ist gar nicht so einfach. Denn jeder hat ja auch noch sein Leben abseits der Familie und das Handy ist ständig am Anschlag. Deshalb ist der Frühstückstisch jetzt zumindest eine Tabuzone fürs Handy. Aber ich weiß, wir brauchen noch mehr. Warum?

Gerade eben musste ich zum Beispiel aufspringen, weil meine Tochter aufgeschrien hat. Es ist abends und sie ist erst vor einer Stunde eingeschlafen. Mein Mann nutzt die Zeit, um in der Küche seinem neuen Hobby nachzugehen und an einem kaputten Handy rumzuschrauben. Ich schreibe. Als ich aus dem Wohnzimmer gehe, treffe ich prompt auf meinen Mann, der gerade aus der Küche kommt. Ich werfe ihm einen bösen Blick zu und flüchte ins Schlafzimmer, wo meine Tochter glücklicherweise weiter vor sich hinschlummert. Wieder zurück fragt er mich, warum ich ihn so böse angeschaut habe. „Die Tür macht so ein lautes Geräusch", entgegne ich kurz angebunden und ein bisschen schnippisch. Dazu muss erwähnt werden, dass wir am Abend zuvor Stunde um Stunde versucht haben, unsere Tochter zum Schlafen zu bringen und erst um halb zwölf nach stundenlanger

Bespaßung, ewigem Rumtragen, einem Fläschchen, Wickeln und Kuscheln erfolgreich waren. Meine Arme sind ein Schlachtfeld des Schmerzes und meine Augen brennen wie Feuer, weil ich schlichtweg müde bin. Jetzt schlafen gehen? Das wäre zu einfach. Nein. Irgendwo muss dein Selbst sich noch entfalten können, das macht es jetzt bei mir.

Diese Situation steht stellvertretend dafür, wie es jeden Tag ist. Jede kleine Frustration wird auf den Partner projiziert. Scheiden lassen werden wir uns wohl trotz Streitigkeiten wegen Belanglosigkeiten nicht. Aber wir müssen kämpfen, für handyfreie Zonen, ein paar Berührungen und vielleicht am Ende ja auch ein paar neue Geheimnisse.

"ALL YOU NEED IS LOVE"

Erkenntnis: Es gibt tatsächlich keine so intensive Liebe wie die zu deinem Kind.
Bekenntnis: Auch ich liebe.

Schmalzig? Vielleicht. Aber so ist die Elternschaft nun einmal auch. Eine tosende Transformation deines Selbst, die gespickt ist von schlimmen, schönen, schier unglaublichen, schmalzigen Momenten.

Und deshalb gelten meine letzten Worte in diesem kleinen, aber feinen Einblick in meine Erlebnisse der Elternschaft dem, was alle immer propagieren. Und ich setze dem voran: Es ist so schlimm. Es ist soooooo schön. Ja, verdammte Scheiße.

Als ich angefangen habe zu schreiben, wusste ich nicht, was ich jetzt nach elfeinhalb Monaten weiß, und ich freue mich auf all die schlimmen, schönen, schier unglaublichen, schmalzigen Momente, die noch kommen und mein Leben einfach herumwirbeln.

Wie soll man letztendlich beschreiben, was unbeschreiblich ist. Ich sage es meiner Tochter fast jeden Tag: Du bist ein wunderschönes Wesen. Und das ist sie. Wenn sie mich aus ihren strahlenden Augen anschaut. Die riesengroßen Hasenzähne mit den riesengroßen Lücken dazwischen hervorblitzen. Dann löst das ein Gefühl aus, das ich noch nie vorher gespürt habe.

Abends nimmt sie oft meine Hand und hält sie fest. Dann driftet sie langsam weg und atmet ganz ruhig weiter. Meine Hand ist alles, was sie braucht, und sie ist einfach alles. Das sind meine Empfindungen heute. Aber wir wollen ja nicht wieder Illusionen schaffen. Es sind Momente, die du festhalten musst. Sie sind sinnstiftend.

Und ja, ich weiß nicht, wie oft ich, während ich dieses Büchlein geschrieben habe, aufstehen und meine Tochter wieder in den Schlaf wippen musste. Aber: Während ich das tat, habe ich auch nicht auf meine Arme geachtet und die Entzündung, die sich immer tiefer in das Gewebe meiner Ellenbogen gebrannt hat.

Alles, woran ich dann denken konnte, war der wunderbare Duft meiner Tochter, der von ihrem Kopf in meine Nase stieg, ihre Wärme, die meinen Oberkörper einhüllte und ihren auf meiner Schulter ruhenden Kopf, der leise Geräusche machte, die mich unaufhörlich lächeln ließen.

Mittlerweile erzählt meine Tochter außerdem Geschichten. So fantastisch, wie sie sich nur Kinder ausdenken können. Ihre sanfte Stimme spricht von den wildesten Abenteuern und den Weiten der Welt. Von all jenem, was wir längst vergessen haben. Und so kommt es, dass wir sie nicht verstehen. Für uns hört sich das so an: Da, da, da, ma, ma, ma, pa, pa, pa. Oder so: Dejugejugugu. Und weil wir vergessen haben und nicht verstehen, wollen wir, dass sie verstehen und bringen sie zum Vergessen, bis aus ma, ma, ma Mama und pa, pa, pa Papa wird. Auch ich spreche diese Worte immer wieder wie ein

Mantra vor ihr her. Dabei will ich ihre Geschichten hören, auch wenn ich sie nicht verstehen kann. Es sind unsere gemeinsamen Geschichten, es ist unsere Geschichte.

Dennoch: Würde ich mich zum jetzigen Zeitpunkt dazu entscheiden, ein weiteres Kind zu bekommen? Verdammte Scheiße, nein! Aber die Party hat ja auch gerade erst begonnen. Der Rausch der Sedativa hat erst eingesetzt. Wer geht denn da schon auf die nächste Party? Wer weiß, wenn die Drogen der Elternschaft erst nachlassen und der Rausch zur Normalität wird, vielleicht bin ich ja dann bereit für neue Geschichten – auch Horrorgeschichten.

Ob mich der kalte Schweiß des Entzugs irgendwann erwischt? Was weiß denn ich. Vielleicht lockt einen die Erinnerung an den Duft und die Liebe zurück zur Droge Baby. Schließlich hat noch keiner wegen eines Katers aufgehört zu trinken. Und wer liest denn bitte die Packungsbeilage, bevor er sich die nächste Pille reinschmeißt? Zu Risiken und Nebenwirkungen mache ich meine eigenen Erfahrungen und du bitte auch.

Klar gibt es diejenigen, die warnen und die, die voller Wonne von den Auswirkungen sprechen. Es wird sie immer geben. Sie leiten an und führen ein in eine Welt, die du letztlich nur selbst entdecken kannst. Denn hinter jeder Tür, die mit einer Geburt aufgestoßen wird, wartet der Zufall wie wir alle Wesen des Zufalls sind.

Letztlich nimmt doch jeder seine Pillen selbst. Das ist mir einmal mehr klar geworden. Und bis ich mich für „Rot oder Blau" entschieden habe, bleibt die Erinnerung an dieses wundersame, wunderbare, schier unglaubliche Jahr im Milchkoma.

# AFTER CREDIT

Noch immer wache ich einmal in der Nacht auf, um meiner Tochter eine Flasche Milch zu geben. Ja, ja sie sollte eigentlich nicht mehr so viel Milch bekommen, ich weiß, na und? Das Wichtige an dieser Stelle: Ich kann mich immer noch nicht daran erinnern, wie es ist, vollkommen ausgeruht in den Tag zu starten. Mittlerweile ist meine kleine Nuss – mit zwölf Kilo – einen halben Monat über das berüchtigte erste Jahr hinaus – und ich stecke noch mittendrin in den Querelen. Von wegen 365 Tage. Was nach diesen berüchtigten Tagen folgt, sind Kita-Eingewöhnung, Mama-Entwöhnung, Backenzähne, noch mehr Impfungen und der ganz normale Wahnsinn eines Lebewesens, das anfängt alles zu entdecken.

Die Kita-Eingewöhnung ist, sagen wir mal, beschwerlich. Ohne mich geht nichts, mit mir alles. Sie spielt, isst, lacht und tummelt sich unter ihresgleichen. Sobald ich sie aber verlasse, weint sie und hinterlässt mich mit einem schlechten Gewissen. Denn ich weiß, dass sie mich will. Aber das Leben muss weitergehen. Irgendwie muss dieses neue Leben ja auch finanziert werden. Von den Jahren, in denen ein Einkommen gereicht hat, um eine Familie zu ernähren, sind wir ganz weit weg.

Noch immer gehe ich abends ab und zu in unser Schlafzimmer, nur um zu schauen, ob meine Tochter noch atmet, weil sie ausnahmsweise komplett ruhig ist. Ich zweifele auch noch immer an der Kleiderwahl – sie könnte zu kalt oder doch zu warm sein. Ich zweifele an meiner Kompetenz als Köchin oder Köchin in Ausbildung und meiner Fähigkeit, ein anderes Lebewesen am Leben zu erhalten, und zwar so, dass aus diesem Quell der Hoffnung auf Veränderung etwas Gutes wird – was auch immer das heißen mag.

Neben dem ganz normalen Wahnsinn, meinem Wahnsinn, dem auf den Straßen und in den Kitas, gesellt sich Schmerz. Echter, herzzerreißender, einen zum Weinen bringender Schmerz – Zahnschmerz. Meine Tochter bekommt gerade ihre Backenzähne. Das ist wahrlich kein Spaß, weder für sie noch für mich.

Und so beißen wir uns gerade durch diese harten Tage post 365. Wie immer gilt, danach ist davor. Die nächsten 365 Tage stehen uns bevor und ich freue mich auf diese Zeit. Wer weiß, vielleicht berichte ich dir in einem weiteren Buch davon, wie nah ich dem Ideal schon gekommen bin. Vielleicht aber brauchen wir diese Ideale auch bald nicht mehr. Und zwar dann, wenn wir Ruhe finden, in der Akzeptanz der Wahrheit, dass das Schöne nicht immer ideal ist und das Ideale nicht immer schön. Wie auch immer die Zukunft aller Mütter und Väter aussieht, wir alle gehören jetzt oder bald demselben Club an. Also: Vorhang auf.

DIE MUTTER

... weiß immer noch nicht, was dieser „Titel"
eigentlich bedeutet. Auf ihrer Reise zur Erkenntnis
nutzt sie ihre „Freizeit", um noch mehr zu
schreiben – über Technologien und Nachhaltigkeit.
Ob sie es sich verdient hat, sich diese kurzen
Auszeiten von ihrem neuen Dasein zu nehmen?
Oder die Auszeiten mittlerweile „Anzeiten" sind,
weil sich alles im Einklang befindet? Gönn dir eine
Bananenpause und bleib ganz einfach dran ...

Printed in Poland
by Amazon Fulfillment
Poland Sp. z o.o., Wrocław

14725734R00082